藍藤唯
[絵] いちかわはる
Aifuji Yu Presents
Illus. by
Ichikawa Haru
JN178359
現代魔法をぶち壊《こわ》す、
あたしだけの魔法《まほう》
──異世界帰りの
勇者姫と
神降ろしの白乙女──

とうじょうじんぶつしょうかい

CHARACTERS
吉祥院征人《きっしょういん・まさと》
否忌島夕妃《ひきじま・ゆうひ》

「わたくしアズサさんの
健康的なお身体は羨ましいですわ」
「……」
「そんなに嫌そうな顔
しなくてもよいのでは？」
「太いのよ……
健康なのはそうなんだけど……
ただすらに太い……」

訓練棟第三アリーナにて
いつぞやの〝決闘〟を行《おこな》ったこの場所で、
あの日とは顔つきの違う、同じふたり。
精悍な顔立ちに
自然体の表情で身構える征人。
同じく自然で、仲間を鍛えるためという
穏やかな名目に気力十分なアズサ。
ふれー、ふれー、
アズサさーん！
ぼっこぼこですわー！

「いつでもどーぞ」

目次

CONTENTS

Aifuji Yu Presents
Illus. by
Ichikawa Haru

ダッシュエックス文庫

# 現代魔法をぶち壊す、あたしだけの魔法
## ―異世界帰りの勇者姫と神降ろしの白乙女―

藍藤　唯

# 1　再会は突然に、ですわ！

少女は悩んでいた。

アニメのタペストリーやフィギュアといったグッズが所せましと立ち並ぶ、雑多とした店内。

店員が心配そうに様子をうかがうくらい長時間、変身ヒロインのフィギュアを前にうんうん呻《うめ》き続けている。

「いや、でも……ぎり足りる……全財産で……」

全財産はやめた方がいいんじゃないかな……ていうかあのフィギュアの値段が全財産なんだ……と２４８００円のフィギュアを一瞥《いちべつ》して。

ひたすら思い悩む彼女に、店員は意を決して話しかけた。

「あの……お買い上げになりますか？」

「え!?　あ、すみません長々と居座って」

突然声をかけられた少女が慌てて振り返る。

その瞬間、店員は目を瞠《みは》った。

なにせそれこそフィギュアがそのまま等身大になったかのような整った姿をしていたからだ。

強気な魅力を持つ、大きくも吊り目がちの瞳。

きめ細やかな肌に映える桜色の唇に、同じく透き通るような白い肌とコントラストを作る艶《つや》やかで柔らかな黒髪。

ツーサイドアップに纏《まと》められたその髪は、彼女が振り向くと同時に一本一本がまるで生きているかのように滑らかに躍った。

おまけに特徴的な白の一房が前髪に揺れていて、どこか神秘的な雰囲気《ふんいき》も漂わせる。

「えっと、買うかどうかですよね、そうですね！　どうしましょうね、ちょっと値段がね！」

しかしその台詞《せりふ》は完全にオタクの早口で台無しであった。

「そ、そう……ですね。良いものでは、ありますね……」

「あ――――やっぱ良いものなんですねー！　えーどうするのあたし……！」

腕を組み、指でとんとんとんとんと、重ねた腕を叩く。

いわゆる地雷系ファッションの真っ白なフリルつきのブラウスが、組まれた腕で押し上げられた豊かな胸元を強調して、店員は慌てて目を逸《そ》らした。

「……そうよね、良いものに妥協《だきょう》しないのが現代オタクというもの……」

何事かを呟《つぶや》いて、少女は顔を上げる。

意を決したような鋭い瞳だった。そのまま彼女はまっすぐに店員を見据え、そして告げる。

「買います」

「え、いいんですか、全財産なんですよね!?」

「え、なんで知ってるんですか!?」

さっき独り言凄《すご》かったから……とは言えず、店員は失言を謝り倒して彼女のフィギュア購入の会計処理を終えたのだった。

†

「はー……良い買いものをしたわね。そう、したのよ。だからこの先のことは考えてはいけないわ。たぶん家に昨日炊《た》いたお米が残っているし」

もはや電車賃もない。

しかし徒歩二時間かけての帰路を歩む琴野《ことの》アズサの足取りは、決して重くはなかった。車のクラクションやら、人々の話し声やら。夕日が染める朱の空やら。なんともなかったこの街の全てが、妙に愛《いと》おしく感じる。

アズサは、異世界で勇者をやっていた。そして、ようやく帰還した。

「アニメも、こんなに素晴らしいものだとは知らなかったわ。現代の文化をもっと実感しておくべきだった。……お金全部なくなったけど」

ひとつ息を吐いて、アズサは空を見上げながらこの先のことに想いを馳《は》せる。

異世界から戻ってきた日は、転移させられた日から一日だけ時間が経っていた。

浦島太郎《うらしまたろう》状態になる心配がないのは、不幸中の幸いだろうか。

「まあ、あたしを心配するような人間なんてどのみちいないけど」

季節は春。中学を卒業して、すぐのこと。

高校に進む金もなければ、就職先が決まっていたわけでもない。両親は蒸発。

勇者召喚には、〝いなくなっても困らない人間〟が選ばれるという。

なるほど確かにあたしにぴったりだと、あの日のアズサはひとり納得した。

「強《し》いて良かったとするなら」

地獄の戦いの中で得た、魔法。ないしは召喚に際して己が得た勇者としての魔力。

これが彼女の身体性能を格段に高めてくれた。

単なる身体能力に限らず、体調などの人体に関わる諸々《もろもろ》を。

昔の写真なんてろくに残っていないけれど、だいぶ健康的な見た目になったのではなかろうか。なんて、鏡を見ながら思ったものだ。

着る勇気もなかった可愛《かわい》らしい服装に、今なら袖《そで》を通せるという点も、結構ありがたい。

「そうやって体が元気なせいで『元気なら働け』って、ずっと地獄の最前線だったけど」

それでも、帰ってきた。なんとか、帰ってこられたのだ。

だから、まずはそう。

「やりたいと思ったことを我慢しない。後悔《こうかい》しない生き方をしましょうか！」

明日から先、どうやって生きていくかは考えていない。

けれど、異世界に行く前よりも生きたいと思う気力は得られた。

こうして現代日本でただ生きていられるだけで、自分は十分幸福だと知れたから。

「さしあたってはバイト探さないと」

なにせ金がすっからかんである。

「魔法を使って手品とかも考えたけど……流石《さすが》にヤバイわよね」

ある種の誤算は、この世界に戻ってきても、魔法が使えたこと。

ただ、悲しいかな。全て戦闘用の魔法であるからして、派手で危険で迷惑である。

それに、魔法が使えるとバレた時にどうなるか分からない。

もともと、この世界のありがたみに気付いた時から、もう魔法を使うつもりもなかった。

「なんか良いことないかしらね。すぐにバイト先が見つかるとか」

バイト先ゲット程度が〝良いこと〟であるあたりに、アズサのこれまでの不幸な異世界ライフが滲《にじ》み出る。

「って、あたしにそんな幸運ないない」

そんな風に笑って二時間の帰路を歩む彼女は、まだ知らなかった。

本当にあっさりバイト先兼通学先が決まるなどということを。

†

帰ったらスマホに不在着信が入っていた。

二時間もすれば充電が溶けるような、何世代も前の化石のようなスマートフォンだ。

買い物中にはシャットダウンしていて、おそらく電話が来たのはそのあとなのだろう。

「知らない番号ね。そもそもあたしの電話番号知ってる人間なんてこの世にいたっけ」

首を傾《かし》げながら記憶をほじくり返すと、一応ひとりだけ連絡先を教えた相手はいた。

小学校の頃、分け隔《へだ》てなく誰にでも話しかけていた少女。

「あたしあの頃、ろくな服も着せてもらえなかったから……今思い返すと、不死川《しなずがわ》さんって天使みたいなものね。いや異世界の天使はマジでろくでもなかったけど」

みすぼらしい自分にも笑顔で話しかけてくれた、そんな少女を思い出す。

不死川陽菜《ひな》という、白のワンピースがよく似合う、騒がしくも優しいお嬢様がいた。

「思い返すと良い子だったなー」

ただ、懐くというほど近くにいたわけでもなかった。自分が人気者にくっついていることを許されなかったという側面もあるし、よくしてくれるからと慕《した》うほど、人間を信じられていなかったこともある。

この歳《とし》になったからこそ、器《うつわ》の大きい子だったことに気付けるというものだ。

ともあれ、不在着信である。

「まあ固定電話からっぽいし、不死川さんってことはないだろうけど。なんかの宣伝とかテレアポかしらね」

折り返してみようかとも思ったが、電話代が勿体《もったい》ない。

次に掛かってきたら出よう、とマインドセットだけをして、スマホを床に置いたその時だった。こんこんとアパートの扉からノックの音がしたのは。

「はーい」

女の一人暮らしであればそこそこ警戒するはずのアポ無し訪問だが、そこは異世界帰りの勇者様。こちとら不埒《ふらち》なことをされれば魔法があるぞと強気なメンタルで扉を開いた。

しかして、そこに居たのは美しい白だった。

「ごきげんよう！」

花の咲くような笑顔は、深窓《しんそう》の令嬢と呼ぶに相応《ふさわ》しい上品で柔らかなもの。

反面、小さな口をめいっぱいに開けた元気で大きな挨拶《あいさつ》は、いつかを思い出す彼女らしいはつらつとした明るい声。

「……え？」

思わず目を瞠るアズサである。

純白のワンピースに、差しっぱなしの日傘はこれもまた真っ白。

おまけに可愛らしい桃色の花を添えた真っ白な帽子と、滝を生むような波打つ白の髪。

ここまで白ならもう心も純白に違いないと確信させる彼女は、別れから五年近くの時が経ってなおすぐに気づくほど、紛《まご》うことなき知り合いだった。

「え……不死川、さん？」

「はい、わたくしは不死川陽菜と申しますの！　もう自己紹介したかしら？　そんなことない

はずだわ、だって今会ったばかりですもの！　……超能力者？」

「いや……」

どちらかといえば勇者で魔法使いだけれど。そんなことが言いたいわけではない。

どうしてこんなところに、先ほど思い出したばかりの少女がいるのか。

ほとんど縁もなかったはずだし、この家を知っているはずもない。

困惑するアズサをよそに、彼女は続ける。

「あなたはアズサさんのお姉さんかしら。こんなに綺麗《きれい》なお姉さんがいるなら教えてくれても良かったのに。あ、わたくしアズサさんのお友達なの。もし良ければ客間に案内していただけると助かるのですが」

お嬢様のマシンガントークにアズサは頰《ほお》を搔《か》く。

「客間があるような家に見える……？　じゃなくて、えっと」

「？」

まじまじと見つめてみれば、無垢《むく》にこてんと首を傾げる不死川陽菜。

とりあえずは誤解を解くことにして、アズサは言った。

「あたしがアズサだけど」

「まあ」

楚々《そそ》と口元に手を当てて、大きな瞳をさらにひとまわり大きくして驚く陽菜。

ぱちくり瞬く瞳に合わせて、彼女の長いまつ毛が躍った。

「本当に？　あら……本当に？　アズサさん？」

「あ、うん」

「あらぁ……綺麗な人になりましたわねぇ……女は化けるとはこのこと……」

「いや、変わらずめちゃくちゃ綺麗な不死川さんも大概《たいがい》だと思うわよ……？」

綺麗の塊《かたまり》に綺麗と評されても居《い》た堪《たま》れなくなるものだ。

目を逸《そ》らしてそう口にすれば、陽菜はパンと手を叩いた。

「でもそれだったら失礼なことをしてしまいましたわ！」

そう言って、ドアノブにかけたままだったアズサの手をぎゅっと握って。

「お久しぶりですわね！　小学校の頃の友達だった、不死川陽菜ですわ！　わたくし、アズサさんとまたお会いできて本当に嬉しいわ！」

「それは、ありがとう……？　あたしはどっちかというと、どうしてこんなところに不死川さんが来たのか分からなくて、感動の再会どころじゃないけど」

「感動の再会！　確かにそう、感動の再会ですわ！」

「ダメだ、そういえばもともとこういう感じだった」

殊更《ことさら》嬉しそうにソプラノボイスでころころ笑う陽菜に、若干《じゃっかん》のやりにくさを感じつつ。

アズサはようやく少し冷静になって、改めて目の前の元クラスメイトに向き直る。

再会を喜んでくれるほどアズサという人間を覚えていた事実が、嬉しいやら複雑やら。過去の自分に良いイメージがないことが、再会の熱に足を引っ張ってしまうがそれはそれ。

「不死川さん、あたしに用事があってきたのよね？」

「あっ。そうですわ。ごめんなさい、アズサさんと久しぶりに会えるって分かって、わたくしも少しだけはしゃいでしまいました」

ほんのり頬を染める彼女は、きっと心の底から〝少しだけ〟はしゃいだと思っているのだろう。変わらぬ彼女の天真爛漫《てんしんらんまん》っぷりに苦笑いしつつ、アズサは言葉を待った。

すると、彼女の口から出てきたのは、これまたアズサの予想の斜め上を行く言葉だった。

「わたくし、アズサさんを招待しに来ましたの。わたくしの通う、東京《とうきょう》魔導訓練校《まどうくんれんこう》に！」

†

東京魔導訓練校。

そこは、現代に生きる魔法使いを育成する中高一貫校——。

「え、現代に魔法あるの？」

「もちろん、本来は秘匿《ひとく》されているものですわ」

ワンルームの室内にて。陽菜は、ぺらぺらの座布団の上に正座して頷《うなず》いた。

帽子もそっと隣に鎮座していて、コップに注がれたティーバッグの緑茶を飲む仕草もあまりに上品で、自分の部屋の景観がこれほど不釣り合いなこともない。

「こちら、どこの銘柄《めいがら》？」

「伊〇園です……じゃなくて。え、じゃあ不死川さんも魔法を使えるってこと？」

「そういうことになりますわね」

そう言って、陽菜はそっと手のひらを差し出した。

「——不死川陽菜が願います、咲き誇る優しき同胞《どうほう》を」

アズサが陽菜の手に魔法の気配を感じた瞬間、彼女の手のひらの上に花びらが数枚ひらひらと舞った。

「なんて可愛《かわい》い魔法なのよ……」

自分がぶっぱなす、魔族絶対殺すビームとかとは大違いだ、とアズサは戦慄した。

「ふふ。ありがとうございます。それで、魔法を使える人間は必ずどこかの魔導訓練校に招待が届くのですが」

そこまで言って、陽菜が開いていた手をぎゅっと握ると花びらは嘘のように掻き消えて。

「先日、どこにも属さない強烈な魔力反応を魔法省《まほうしょう》が感知しましたの。その出所を探ったところ、なんとアズサさんというではありませんか。なので、知己《ちき》であるわたくしのところに連絡がきて……是非《ぜひ》わたくしがご案内したいと思い、こうしてまかり越しました」

「なるほど……？」

今の陽菜の言葉だけで、たくさんの情報が出たことにアズサは気づく。

まず魔法省なるものがこの国には存在すること。

加えて、日本は魔力を持つ人間はすぐさま感知される社会であること。

そして、自分の情報は過去に至るまで既に調べ上げられたあとであるということ。

「不死川さんは、中学からそこに通ってたの？」

「はい、そういうことになりますわね」

道理で進学した公立中学に彼女の姿がなかったわけだと納得する。

てっきりお嬢様らしく私立に行ったんじゃないかと思っていた。

ともあれ、こうして陽菜が元気にしているところを見ると、ろくでもない魔法実験の巣窟《そうくつ》、というわけではなさそうか……？　とアズサは思案を巡らせる。

魔法というものに全く良いイメージがない以上、警戒を完全に解くのは不可能だが、それはそれとして情報を精査するべきだ。

「……あなた以外にも居そうだし」

「アズサさん？」

きょとんと首を傾《かし》げる陽菜は、気づいているのかいないのか。

窓の外から、こちらを監視するような魔力をアズサは感じ取っていた。

単に、得体のしれない魔法使いが陽菜に危害を加えないように、と思っているのか……それとも、陽菜に余計なことをしゃべらせないためか。その辺りも分からないが。

「どうでしょうか、アズサさん。もう一度わたくしと、学友になってはいただけませんか？」

きらきらとした期待を内包した笑顔に、そこまで望んでもらえるほど彼女の中で自分の価値が高かったか？　とも悩みつつ、アズサは渋面《じゅうめん》を浮かべた。

一種のハニトラの線だって、まだ拭《ぬぐ》えないのである。

「うーん……」

「えっ!?　わ、わたくし何か粗相《そそう》を!?」

「いや粗相なんてないけど、それはそれとして即断はできないわよ」

「そんな……お友達に断られるなんて思わなくて……」

「自己肯定感最強か？」

自分の誘いに乗らないのは自分が粗相をしたから。アズサにはとても真似《まね》できないロジックである。確かにこのお嬢様の笑顔にころっとやられる人間は男女問わず多そうだが。

ハニトラの線はある程度切ってもいいかもしれない。彼女にそんな手練手管《てれんてくだ》は無さそうだ。

「で、ではどうして……」

しゅん、と眉《まゆ》を下げる陽菜を前に、そっとアズサは目を伏せた。

突然この世界でもファンタジーを突き付けられて、情報量の多さに目を白黒させていたとはいえ。アズサがこの世界に戻ってきて安堵《あんど》したのは、もう戦わなくて良いからだ。

「あたし、魔法に興味なくて」

「そんな！」

がた、と陽菜は立ち上がる。

「詳しい数値まではわたくしも聞いていませんが、アズサさんの魔法の才能はそれはもう素晴らしいものだと……きっと、大活躍待ったなしですわ！」

「活躍もねえ」

活躍自体はしたのだ。誰からも賞賛されない使い潰しの勇者業を、果たして活躍と言っていいのかは分からないが。

それはもう、魔法は使いまくった。何度も己の精神を擂《す》り潰《つぶ》すほどに。

「学校側が、魔法を使える人間を野放しにしておきたくないんだろうなってのは、なんとなく分かるんだけど」

帰ってきた瞬間に魔力を感知されたほどだ。全国にアンテナを張り巡らせているに違いない。

ただ、魔法を使うつもりはないし、その辺の話を学校側と済ませられるなら、アズサにとってはそれでも良かった。

陽菜はたいそう凹《へこ》んだ様子で肩を落とし、もう一度ちゃぶ台の前に正座して。

「そうですか……残念ですわ。とても」

「ん、ごめん」

「……とても残念ですわ。ちらっ」

「それは諦めてないわね」

食い下がる陽菜に、苦笑いをひとつ。

一緒に学校に通いたい。そんな風にプラスの感情を向けてくれる相手と話すのも、あまりに久々のことだ。ありがたくは思いつつも、今のところ素直に頷けるほどでもなかった。

「分かりましたわ。では、これだけ受け取ってくださる？」

そう言って陽菜は、ちゃぶ台の上に一枚のＩＣカードを置く。

「これは？」

「魔法使いの区域に入るためのパスポート、のようなものですわ。銀座線渋谷駅《ぎんざせんしぶやえき》から」

「銀座線渋谷駅」

そんな一般人が大量に居るところでアクセスするものなのかという変な驚きもありつつ、アズサは差し出されたカードを手に取る。

ＭＡＨＯＣＡと書かれていた。確かに改札から入れそうな雰囲気《ふんいき》はする。

「気が向いたらで構いません。一度、わたくしたちの日常を覗《のぞ》いてみてくださいな。それで改札を通れば、アズサさんが来たことは分かりますから、お迎えにあがります」

「なんか……至れり尽くせりありがとうね」

アズサのお礼に、陽菜は緩《ゆる》く首を振って微笑《ほほえ》む。

「お邪魔しました。伊○園も悪くありませんわね。今度わたくしも取り寄せてみますわ」

「あ、うん……」

堂《どう》に入《い》った仕草で立ち上がり、陽菜は踵《きびす》を返す。

一応は玄関まで送るかと、アズサも続いて立ったところで。

「あ、あと」

彼女は思い出したように振り返った。

何かを言おうとして、少し躊躇《ためら》って。ほんの僅《わず》かに染まった頬《ほお》を隠すように、手に持った帽子を添えながら、陽菜は続けた。

「もし宜《よろ》しければ、また訪れても構いませんか？　魔法の道に進んでから、あまりお友達も増えなくて」

「ああ、そんなこと」

もとより、誰もやってこない場所だ。

「もちろん、いつでも」

さらっとそう答えてみせると、陽菜は安堵したように破顔《はがん》する。

「あ……」

それから勢いよく帽子を放り捨てて、陽菜はアズサに飛びついて。

「やっぱり、わたくしのお願いはお友達に断られたりしませんわね！」

「分かった分かった」

そんな風に受け止めてみせてから、ふと思った。

こうして人の温もりを感じるのも、随分《ずいぶん》と久しぶりだと。

†

突然の来訪者が去った部屋の中は、とたんに静かだ。

アズサは陽菜が閉じていった扉をしばしぼんやりと眺めてから、一度目を閉じた。

「さて……どこまで不死川さんは言わされたの？」

確信があった。陽菜とふたりでいたこの部屋が監視されていたことには。

その確信は案《あん》の定《じょう》正解で、すぐに答えが返ってきた。

「言わされた、というようなことは、ほとんどないから安心してほしい」

やっぱり誰かが見ていたかという気持ちと、あっさり窓を閉め切った密室に入ってきた声の主に、警戒しながらアズサは振り返る。

振り返って——目を見開いた。

「初めまして、琴野アズサくん。私は東京魔導訓練校の校長を務めている、森本《もりもと》だ」

森本。そのシンプルな苗字《みようじ》に反し、先ほどまで陽菜が座っていた座布団にぺたんと座ったその姿は、まぎれもなく。

「え、ペンギン？」

でっけえペンギンだった。人間サイズの。

「ああ、これは数十年前に魔法の事故でね」

モノクロのコントラストに黄色いくちばし。顎《あご》らしき部分をヒレのような手で撫《な》でて、ペンギンは当たり前のように日本語を口にした。

「魔族……」

強くアズサが殺意をみなぎらせる。

「違う違う、そう身構えないでくれたまえ！　攻撃しないで！」

ぶんぶんとペンギンの両羽が必死に振られた。

アズサは目を細める。

ペンギンに抵抗の意志はなさそうで、魔法を放つ予備動作も見当たらない。

ひとまず警戒を緩め、アズサは魔法を放とうとした手を下ろして腕を組んだ。

「東京魔導訓練校の、校長？」

「ああ。こう見えてもう来年で還暦《かんれき》を迎えるおじさんだよ。そして、不死川くんにキミの招待をお願いした人間でもあるかな。人間なんだよほんとだよ」

「あ、そう……」

必死な人間アピールは、それはそれで怪しく映るものだが。

それを気にする余裕もないのか、森本は懸命に羽をばたつかせていた。

――アズサにとって、異世界で遭遇《そうぐう》した魔族は滅殺《めっさつ》対象である。

「……まあ、分かったわ。……分かりました」

ともあれ。アズサには情報が不足していた。魔法で事故って人間がペンギンに。そういうことも、もしかしたらあるかもしれないし。

それに、聞きたいことは他にも色々あるのだし。

「わざわざ不死川さんと分けてここに来た理由はなんですか？」

「ほっ……話を聞いてくれるようで何よりだよ。凄《すご》い魔力量だねしかし……」

胸をなでおろした様子で、ペンギン改め森本はひとつ息を吐いてアズサに向き直った。

「さて。キミは気づいていたようだが、まずは謝罪だね。不死川くんとの話は聞かせてもらっていたよ。旧友の再会に水を差すような真似をして申し訳ない」

「いえ……それはまあ、いいです。不死川さんがあんなにあたしに好感度高いとは思ってませんでしたし、びっくりしましたし」

「そうかい？　彼女はキミに救われたと言っていたが……」

新情報だった。アズサには心当たりがない。

首を捻《ひね》っていると、森本はぷるぷると首を振って続けた。

「そのうえで、キミが懸念《けねん》していたことは事実だ。魔法に興味がなかろうと、魔法を使える一般人をそのままにしておくわけにはいかないんだ」

「まあ、そんな気は。それで、学校に来てほしいと」

森本はそのアズサの問いに深く頷《うなず》く。

「他にも事情があってね。もしかしたらキミは分かってくれるかもしれないが……私たち東京魔導訓練校の存在意義は、魔法を使って日本を守る精鋭を育成することだ。魔の勢力からね」

僅かに、アズサの眉が動いた。

「……魔」

「うん、やっぱりキミは知っているみたいだね。どういう形で彼らを知り得たのかは、分からないけれど」

「……」

分からない、ときたか。アズサは少し考えた。

もしも自分のような異世界転移の出戻りが他にもいるなら、前例として彼らの中に心当たりがあるはずだ。

隠しておくべきか、否《いな》か。

「キミの力は強力だ。流石《さすが》に私もそこそこの魔法使いだからね、見れば分かる。だからどうだろうか。魔の勢力は強大で、犠牲《ぎせい》も少ないとはいえない。キミのような強い魔法使いが居てくれると、私たちもとても助かるんだ」

「……ずるい言い方ですね」

陽菜がその学校に通っているという事実を知ったあとで、彼らが魔と戦っていると聞く。犠牲は少なくない。陽菜だってその例に漏《も》れないかもしれない。

「大人だからね、ごめんね」

「いえ、まあ……これよりひどい交渉はこれまで山ほどありましたし」

そう言って肩をすくめて、そしてアズサはふと思う。

「その魔との戦いに負けたらどうなるんですか？」

「地域的に負けたこともたくさんあるよ。その時には、人間は魔族の慰みものにされた。この国に限らずね。……その結果は、今も表向きには〝大災害〟としてニュースになったりしてる」

「……！」

多くの人が不幸な目に遭《あ》う災害については、アズサだってもちろん幾つも心当たりがあった。

「一歩間違えれば多くの人が死ぬ。そういう戦いを、千年以上やってるんだ。魔法使いは」

「そう、ですか……」

考えたこともなかった、とアズサは思う。

幼少期の自分もそれなりに必死に生きてきた。でも、外敵による命の危機に脅《おびや》かされたことはない。逆に異世界では、魔族による侵攻で犠牲になる人々を比喩《ひゆ》抜きに何千と見てきた。

日本がそうならないよう、守っている場所。

「確かに、魔族は滅ぼさなきゃですね」

「お、おおう……それはそうだけど、そこまで言ってくれる？」

まだ目の前のペンギンが語ることのどれほどが真実かは分からないけれど。

気になることはできた。

魔法学校に顔を出してみようと思う程度には。

「体験入学的なのやってません？」

「塾みたいなノリだねえ。でもそうだね、琴野くんが来てくれるなら、譲歩《じようほ》してもいいよ。そのくらいキミの才能を、私たちは欲しいと思っている」

それに、と森本は優しく言った。

「不死川くんもね。今度こそちゃんと友達になりたいと」

「ほんとあたしなんかしたかな、あの子に……」

首を傾《かし》げるアズサに、森本は笑う。

「ははは。往々《おうおう》にして、自分のしたことが相手にとってどれだけ大きいことかは、分からないものだったりするからね。……さて」

改めて、とひとつ咳払《せきばら》いして森本は言った。

その言葉は、アズサにとってこれまでの説得の何よりも切実なものであった。

「防衛大とかと一緒で、通えばちゃんと給料も出るから」

「まじ!?!?」

死活問題がクリティカルすぎた。

Aifuji Yu Presents
Illus. by
Ichikawa Haru

# 現代魔法をぶち壊《こわ》す、あたしだけの魔法《まほう》

—異世界帰りの勇者姫と神降ろしの白乙女—

# 2 ようこそ、魔法学校へ

「現代日本にもこんな場所あったんだ」

これは夢ではなかろうか、と目を瞬かせるアズサの前に広がっていたのは、幾つものビルが立ち並ぶ高級ビジネス街。ビルの敷地内にはベンチや木々が植えられた休憩スペースが見受けられ、アズサの頭上をモノレールが走り抜けていく。

いわゆる近未来的な造りをしたそれら。

それだけならただの都心で済もうものだが、モノレールにはレールを支える橋脚《きょうきゃく》はなく、憩《いこ》いの場たるベンチや広場では学生たちが右手に教本、左手に炎。

道を行き交う車にはタイヤも存在せず、それぞれ浮いて移動していた。

「……魔法の気配ばっかりじゃない」

魔力感知をするまでもなく魔法だらけ。車もモノレールも、人々も。

手元のアクセスマップを見て、アズサは思い出す。

銀座線《ぎんざせん》の終点である渋谷駅《しぶやえき》の、改札口。

そこにＭＡＨＯＣＡをタッチして入れば、魔法の世界だと陽菜《ひな》は言った。

万が一入れませんってなったら単なる赤《あか》っ恥《ぱじ》だな、というほんのわずかな逡巡《しゅんじゅん》とともに、普段は交通系ＩＣをタッチする場所にMAHOCAを置いたその瞬間。

ぶわっと景色が変わったのだ。それこそ、魔法のように。

外装こそ、見慣れたプラットホームだった。けれど、電光掲示板はホログラムに、あるべき線路は何もなく。やってきた列車には『東京魔導訓練校行き《とうきょうまどうくんれんこう》』の文字が浮かんでいて。

呆然《ぼうぜん》としていれば、他の乗客はその列車に当然のように乗っていく。

彼らはみんな魔法を知っているのか、という妙な感慨《かんがい》がありつつ同じように乗車して。

終点の魔導訓練校駅を降りたらこれである。

「さて、あたしはどうすればいいかしらね」

アズサが顔を上げれば、ビジネス街の中でも目立つ塔がひとつ。

近未来風にデザインされた時計塔とでもいうべき大きな建物に向かって、一際《ひときわ》大きな道路が伸びている。きっとあれが、東京魔導訓練校なのだろう。

ひとまずそちらへ向かおうとして、アズサは足を止めた。

「……なる、ほど、ね？」

視線の先。おそらくは制服であろうきっちりとしたブレザーに袖《そで》を通した純白のお嬢様が、たいへん腕白《わんぱく》に大きくぶんぶんと、開いた日傘を振っていた。

「アズサさん！　こちらですわー！」

大衆がぎょっとしている。それはそうだ、日傘ぶんぶんだもん。

「あー……昨日ぶり」

「はい！　アズサさんのＩＣが使われたのを知って、すぐに飛んできましたわ！」

「あ、ありがとう」

見た目地雷系の女と気品あふれるお嬢様のペアは、先ほどの陽菜の暴挙もあって天下の往来《おうらい》で大層目立っている。

アズサは苦笑いを一つして、それから陽菜に向き直った。

「昨日は来ないとか言っておいて、なんかごめんね」

「いえ、とんでもありませんわ。わたくしのお願いは通じたということですものね！」

「あー……まあ、うん、そうね！」

上機嫌の理由はそれか、と納得して。それならそれでもいいかと、アズサは特に陽菜の認識を改めるようなことはしなかった。

まさか、トドメは先立つもの――お金であるなどと言える空気でもない。

それにこのお嬢様に、お金が理由ですと言っても全然まったくピンとこないだろうし。

「さて、それでは改めまして、わたくし責任を持って東京魔導訓練校をご案内いたしますわ！」

「あ、うん。とりあえず校長室までいいからね」

†

「ここが東京魔導訓練校の校門ですわ！　千年以上変わらず、魔の勢力への防護機能を果たしておりますの。素敵でしょう？」

「素敵……まあ、そうかしらね？」

「ここがわたくしがよくランチをしている中庭ですわ！」

「優雅ねえ……」

「わたくしたち生徒がよく足を運ぶ購買がこちらなの。伊○園のお茶も置いてありましたわ！」

「あたし別に伊○園推してるわけじゃないからね？」

「そしてここが教室棟。わたくしたちの学びの場ですわね。高等部の生徒数は千人ほど」

「多いわねえ。一学年十クラスくらいありそう」

「そしてここが焼却炉《しょうきゃくろ》。不良さんたちのたまり場らしいですわ」

「なるほど？」

「ここが伝説の樹。なんか伝説らしいですわ」

「なるほど？」

「そしてここがたまに猫さんと会える裏庭ですの」

「なる、ほど……？」

†

「校長室は!?!?!?」

「!」

はっとした顔で陽菜がアズサを振り返った。

「ご、ごめんあそばせ。わたくしったらその、少しだけはしゃいでしまって」

「少し」

上品に口元を押さえる仕草だけは、令嬢らしい代物《しろもの》。

ほんのりと頬《ほお》を染めて、陽菜は続けた。

「またアズサさんと学友になれると思ったら、わたくしの好きな場所を全部教えてあげたいと思ってしまって」

「怒りづらいこと言うじゃない……」

ふん、と腕を組んでアズサは鼻を鳴らした。

考えてみれば、そこまで怒ることでもないし。

「まあいいわ。実際、なんとなく学校のことも分かったし。意外と普通なのね」

中庭があって裏庭があって、焼却炉があって……ん？　好きな場所の案内で焼却炉？

気になる点がないではないが、魔法の学校だからといって、全部が全部魔法で構成されているわけでもないらしい。

「訓練棟や、競技場もあるにはあるのですが、そこは嫌でも行くことになるでしょうし」

「あ、ちゃんと魔法っぽいところもあるのね」

頷《うなず》きながら、心の中でメモすることがひとつ。どうやら陽菜は、魔法に関わる場所よりも、そうじゃない場所の方が〝好きな場所〟のようだ、と。

ともあれ。

「コウチョウペンギンに話をしないといけないから、次は校長室で」

「ええ、承《うけたまわ》りましたわ。ふふ、コウチョウペンギン、良い響きですわね」

「そう?」

くすくすと楽し気に微笑《ほほえ》む陽菜とともに、校長室への歩みを進めることにした。

†

校長室の前で陽菜と別れたアズサは、森本《もりもと》と向き合ってソファに腰を下ろしていた。

「それで思ったより遅かったんだね……」

「あ、待たせてました?」

「せっかくだから美味《おい》しいお茶淹《い》れてたんだ」

「あー……」

カップに注がれたお茶が少しだけぬるくなってしまったらしい。

「来てから淹れてくれても良かったんですけど……」

どうやら駅についたタイミングから逆算して、淹れたてをサーブしてくれるつもりだったようだ。意外と校長は忙しくないのかな、なんて思いつつ、アズサはカップを手に取る。

「でもめっちゃ美味しいです」

「ほんとはもっと美味しいよ」

「ちょっとめんどくさいですよ、校長先生」

しょげたペンギンに、申し訳ない気持ちがないではないが。

苦笑いを浮かべてみれば、森本も流石《さすが》に切り替えたように短い首を振った。

「……それで、魔法の世界に足を踏み入れてみた感想はどうかな」

「そうですね……思っていたよりも現代でした」

「はは、それはそうだろうね。文化として先にあるのは、現代日本だからね」

モノレールもどきに乗ってきた時もそう。陽菜に案内された校内もそう。

意外と馴染《なじ》みやすそうな雰囲気《ふんいき》はあった。

「どうだろうか、入学の件は考えてもらえそうかな」

「ですねぇ……」

腕を組んで考える。

本当に現代に魔法の世界があることは分かった。

どのみち、魔法を使えることが露見している以上、校長や陽菜の勧誘は穏当で、あくまでこちらの意志を優先してくれている。

トドメに先立つものもない。

「これ以上引っ張っても仕方ないかなと思いました。──受けます、その話」

「そうか！」

嬉しそうにペンギンは手を叩く。

「そうと決まれば、あれだ。キミの転入する学級を決めないと」

ぴょんとソファから飛び降りて、自分のデスクへとぺちぺち戻っていく森本。

「手続きとかってどうなってるんですか？」

「ああ、その辺はこちらでどうとでもするさ。魔力ある少年少女を学校に入学させるのは当然のことだから、上も既に許可をしてくれている。一個気になることがあるとすれば……」

がさがさとデスクの上を漁《あさ》りながら、森本は続ける。

「転入は極めて異例なことだからね。最初は驚かれるかもしれない。ただ、そこは魔力の発露まで時間がかかったのだということにすればいいし」

「やっぱり、あたし以外には例外はいないんですか」

「いないねえ」

異世界帰りは自分だけ。そのことを改めて心に刻むアズサを、森本はちらりと一瞥《いちべつ》して。

書類を漁りながら、問うた。

「聞いても、構わないかな」

「何をですか？」

「キミが魔力を持っている理由――いや、それをキミ自身が当然と受け入れられている理由について」

「……まあ、気になりますよね」

「そうだねえ」

森本にとってみれば、琴野《ことの》アズサは不思議な少女だ。

なんだったら、もっと怪しんでもおかしくない。

なのにこうもフレンドリーに接して、好意的に話を進めてくれていることは、むしろアズサにとっても気になることだった。

「あたしからもひとつ良いですか」

「ん？」

「あたし、怪しくないですか？」

恐る恐るの問いに対しての答えは、また先ほどとトーンの変わらない返事。

「そうだねえ」

気のない返事ともとれるそれにアズサが視線を向けると、相変わらず森本はがっさがっさと書類の山の中で何かを探しているようで、今の問いに対してそんなに興味もなさそうで。

不思議に思うアズサに、森本はすんなり続きを答えた。

「十六歳で異例の魔力発現。それもかなりの規模。魔法使いとしての力量も、私の見立てでは相当のものだ。そりゃあ怪しいよ、キミ」

「……じゃあ、どうして」

こんなに友好的なんですか、と続く質問に、森本は顔を上げて笑った。

「不死川《しなずがわ》くんとの会話を聞いていた時は、警戒していたよ。彼女に危害が及んではならないと気を張ってもいた。ただ、私も指導者だからね、人を見る目はあるつもりだ。……お、あった」

ころん、とペンギンの手のひらに収まる程度の小さな水晶を取り出して、ほくほく顔で戻ってくる森本の言葉の意図が、アズサにはいまいちつかめない。

「キミはその魔法の力を使って、多くを守って、多くの修羅場《しゅらば》をくぐってきた。そのくらいはね、分かるんだよ」

「……校長先生」

アズサは僅《わず》かに目を瞠《みは》る。楽し気にソファに戻ってきた森本から、思わず目を逸《そ》らした。

「やば、ちょっと泣きそ」

異世界では終《つい》ぞ評価されなかったことが、さらっと肯定されて、アズサはちょっとうるっときた。

「会ったばかりの人間の言葉にそんな風に感じ入ってくれる子であることも理由かなあ」

「タンマタンマ、今それ以上言わないでください」

「はっはっは」

ぶっちゃけ結構……いや、かなりしんどかった異世界。

その傷にそっと寄り添ってもらった気がしたアズサだった。

「さて、なのでちょっとこの水晶に触れてもらえるかな。簡単な魔力測定器だ」

「あー、はいはい。分かります」

「魔力を通してもらって、光の強さと色で魔力量と質を測るよ。学級分けはだいたいこれだね」

「学級……」

一学年千人は居そうな学校の学級分け。

その基準は確かに、気になるところではあった。

「赤色に光れば、攻撃魔法に秀でた証《あかし》。そういう生徒はだいたい、朱雀《すざく》のクラスに入学し、より強大な威力を持つ魔法を学ぶ」

「朱雀。赤い鳥ね」

「緑に光れば、補助の魔法に秀でた証。玄武《げんぶ》のクラスで、己を強化し前衛として戦う術を学んでいく」

「ああ、自分に補助を使うイメージなのね」

「青なら青竜《せいりゅう》。ここは人を癒《い》やす魔法を得手《えて》とする。白なら白虎《びゃっこ》。探知や工作に優れた魔法使いが集《つど》う」

「なるほど……中華の風水がモチーフなのね」

「中華ってことは、日本にも古くからあるからねえ」

「……陽菜はどこなんですか？」

「不死川くんは黄龍《こうりゅう》」

「知らんとこ出てきたわね」

「黄色はねぇ……ふたつ以上の適性を持つ、大きな才能を持つ子たちが集うクラスなんだが」

そこまで言って、一瞬躊躇《ためら》ってから森本は続けた。

「それだけに名家の子が多くて大変だね。選民思想みたいなものもちょっと強くて」

「あー……」

才能がある者が集うクラス、なんて触れ込みがあれば、それは他のクラスの人間よりも舞い上がってしまう生徒が多くても仕方ない。アズサも納得した。

「種類は五つ。それが各二クラスあるのが、今の東京魔導訓練校だ」

「なるほど、あたしはどこになるのかしらね」

ある程度の情報を聞いたうえで、ひとまずは軽く。

と、魔力を注いでみた。注いで、みた。

「……？」

「あれ？」

森本とふたり、首を傾《かし》げる。水晶に反応、ゼロ。

「故障？」

「いやいやそんなはずは。ちょっと待ってね」

困惑する森本が水晶に魔力を注ぐと、強く赤い光が灯る。

「故障というはずはないね」

「ええ……？」

アズサがもう一度魔力を注いでも、やはり反応は無かった。

「あたしの魔力、感知には引っかかったんですよね」

「うーむ……どうして反応しないんだろうねえ」

心当たりを考えてみても、どうだろうか。

可能性があるとすれば……。

「あー……校長先生」

「なにかな？」

「最初の質問に答えていいですか？」

どうしてアズサが魔法に理解があったのか。そこに、反応しない理由がある気がした。

†

「……なる、ほど。キミが戦い続けていたのは、この世界じゃなかったんだね」

「はい」

ひょっとして、自分の魔法はどこの適性にも該当《がいとう》しないのでは？

異世界産の魔法は、この世界のどの魔法系統にも属さない。それがアズサの仮説だった。

つまり現代魔法に属さない、アズサだけの魔法。

「前例のない話だ」

森本はその羽のような腕を器用に組んで、うーむと唸《うな》る。

「いや、話してくれてありがとう」

渋い顔で、森本はアズサを見据えた。

「そしてこれは、表に出すべきではない話だね」

「やっぱりそうですか」

「私を信じて話をしてくれたのだとしたら、嬉しく思う。でも、当然だけど私たちは国の未来のために戦っている。だから……異世界なんていう情報を上がどう判断するかは分からない」

「魔法省《まほうしょう》、ですか」

「そうだね。最悪、キミを解剖《かいぼう》しようなんて話が出てもおかしくない。キミの魔法を手に入れるためにね」

「……学校通うの、やめておきますか」

「んー……んー……！」

唸るというよりも最早呻《うめ》くように、森本は何かを悩んで。

「いや、やっぱり学校には通ってもらえないかな。むしろ」

「それは、野良《のら》の魔法使いだとまずいから？」

「というより、私がキミを守れなくなる」

「……」

やにわに緊張感のある話になってきて、アズサも森本と同じく腕を組む。

「学校に入ると言ってくれたから言うけど、入らない場合の魔法使いは、危険だと判断された瞬間殺されてもおかしくないんだ。その判断は魔法省の胸先三寸《むなさきさんずん》。ふつうの魔法使いだったら魔法を使わないだけでどうとでもなるかもしれないけど」

「万が一あたしの魔法がこの世界の魔法じゃないと分かったら、その瞬間何をされてもおかしくない……そんなところですか」

「……大変申し訳ない。ちょっと話が変わってきた」

成人にも満たない少女に向かって、こんな話をせざるを得ない。そんな申し訳なさに、森本が眉《まゆ》を下げる。

森本にとってアズサは既に、国の資格を持った魔法使いへと導く予定の教え子だった。

艱難辛苦《かんなんしんく》を乗り越えた末に彼女がこの場所に立っていることは明白だ。

自分の目ももちろん信頼しているが、異世界で戦ってきたことを知った今はなおのこと。

「琴野くん。キミに今必要なのは、公認魔法使いであるという証明だ。それにはこの学校に在籍していること、並びに卒業生であることが求められる。公認の魔法使いとなれば、魔法省も下手《へた》に手出しはできない。だから――」

「大丈夫ですよ、校長先生」

「琴野くん？」

懸命に理由を並べる森本に、被《かぶ》せるような声。

アズサの声であることは分かり切っていたが、森本にとって意外だったのはその声色。

それは随分《ずいぶん》と優しいもので、顔を上げた森本の目には、その声色に相応《ふさわ》しい優しい笑みを浮かべたアズサ。

「校長先生があたしのことを考えてくれてるのは分かりました。それに、こういうことは慣れてます」

その〝こういうこと〟が具体的に何なのかは、アズサは語らず。

「学校に通って、卒業すれば問題ない。そのくらいなら、全然。道筋が見えているだけ、ありがたいくらいです」

「……すまない」

「謝らないでください、異世界ほんっと酷《ひど》かったんですから」

疲れた、とは違う。アズサの穏やかな笑みの裏側には、きっと多くの理不尽の記憶があるのだろう。

同じく多くの修羅場をくぐってきた森本は、十六の生徒に慰められたことに気付き、深く深くため息を吐いた。

「いや……そうだな。うん、分かった。私はキミにできる限りのサポートをする」

「はい」

「異世界の酷い話は、私がいつでも愚痴を受け付けよう。話せる相手は、私だけのはずだから」

「あはは、それも助かっちゃいます」

緩くふたりで笑い合って、森本は改めて告げた。

「予定とはずいぶん違う形になってしまったが、改めて言わせてほしい」

――ようこそ、東京魔導訓練校へ。

# 3　学園入学のすすめ

初めて袖《そで》を通す服は、いつでも新鮮だ。

それが襤褸《ぼろ》の外套《がいとう》ではなく、新品の制服だとくればなおのこと。

今日から通う教室の前で、アズサは黄色のリボンタイのバランスをきゅっと整えた。

「学校なんて、体感数年ぶりね。それはいいんだけど……」

アズサはため息を一つ。

その理由は学校に通うことでも、前髪が決まらないことでもない。

たった今結び直したリボンタイ、その色だった。

「まさか、一番めんどくさそうなクラスとは……！」

扉の横に浮かぶホログラムには、しっかりと『一年・黄龍《こうりゅう》Ⅱ』と記載されていた。

才能あふれ、名家の多い、一番厄介《やっかい》そうな場所。そう、昨日評したばかりのクラス。

「いや、分かる。校長先生の言ってることは正しいんだけど」

森本《もりもと》に、黄龍のクラスに入れると言われた時はかなり面食らった。しかし聞けば納得するほかない事情のラインナップであったことを、アズサはよく覚えている。

曰《いわ》く、異世界の魔法をどう誤魔化《ごまか》すか。

この世界由来でない魔法については、なんとか現代魔法っぽく振る舞うことで凌《しの》いでいくのが基本となる。ただ、もしそれでも苦しい場合は、「色んな魔法を使う才能がある」という理由で黄龍のクラスに入れられたのだと言い張ることがベストだった。

続いて、得意とする魔法の対応。

アズサには特化した魔法というものが存在しない。

強化もするし感知もする、そして攻撃もする。その全てをひとりでこなさなければならなかったのが、己の生きてきた異世界だ。

もしもこの先〝魔の勢力〟との戦いに身を投じることになった時、クラスを理由にアズサの魔法の引き出しを狭めることは、戦いでの犠牲《ぎせい》を増やすことに直結しかねない。

それだったら最初から、黄龍のクラスに入る才能があることは知らしめておくべき。

ただ、問題もひとつ。

「クッソ嫌われるかもしれないわね!!」

突然転入してきた人間が、才能あふれるクラスに入る。

黄龍以外のクラスからも不審がられるだろうし、己の魔法に絶対の自信がある黄龍のクラスメイトたちは、ぽっと出が転入してくることを果たして歓迎してくれるだろうか。

答えは当然否《いな》である。

ただでさえ複数の才能を誇りに思う少年少女の学級。おまけに、古くから続く由緒《ゆいしょ》正しい魔法の家柄も多いらしい。

そこになんの後ろ盾もないパンピーのエントリーである。

「ふー、盛り上がってきたわね」

こきこきと首を鳴らして、スマホを取り出して手鏡代わりに。

白黒混じった前髪を整えて、「えへっ」と笑ってみた。

「まず大事なのは最低限の好感度よ。大丈夫、あたしなら大丈夫」

友達なんて欲は言わない。自分が居ても居なくても許される、くらいの空気感さえ作れれば。

「――はい、では転校生の琴野《ことの》アズサくん、どうぞ」

すっと扉が勝手に開いた。

教卓の前には、見慣れたペンギンが立っている。校長自ら紹介をしてくれるらしい。

クラス内からひしひしと感じる魔法の気配は、やはりというべきか敵意ないし警戒を孕《はら》んだものが多い。挨拶《あいさつ》代わりに魔法をブッパしてくるようなヤカラは流石《さすが》にいないようで、少しアズサはほっとした。

新品の上履《うわば》きで、一歩を踏み出す。

教室は、アズサの知る公立中学などとは一線を画す上品な内装。かといって近未来的な白が教室を支配しているわけでもなく、ファンタジーと現代が共存するような不思議な空間。

ホログラムを投影する液晶のようなホワイトボードには、琴野アズサの字が躍っていた。

さあ、挨拶だと気合を入れて。

「は、はじめましてぇ。琴野アズサって言います。仲良くしてくれると嬉しいですぅ」

稼《かせ》げ、好感度！

そんな熱意とともに挨拶を披露《ひろう》して、数秒。

教室内の十数人の、疑念に満ちた視線が突き刺さる。

「あのー、ちょっといいですかぁ？」

挙手をした少女に、アズサは内心「うわ」と思った。

天真爛漫《てんしんらんまん》な空気を装《よそお》いつつも、こういう場でいの一番に発言ができる自信がある陽キャ。それだけでアズサにとっては苦手なタイプだ。

それにきゃぴきゃぴした雰囲気《ふんいき》とは裏腹に、目が笑っていない。

「なんで転校生があっさり黄龍《ウチ》に入れるんですかねー」

そしてバリバリの敵意であった。なんてこった。

アズサは質問に答えようとして気付く。この女、こっちなんか見ちゃいねえ。あくまで校長に質問という体《てい》だ。徹頭徹尾《てっとうてつび》アウェーである。

校長先生、なんとか、なんとかフォローお願いします、とアズサは祈った。

どうか、居心地のよくなる援護射撃を。

「それは、彼女がこのクラスに相応《ふさわ》しい人材だからだね」

祈りは死んだ。

空気も死んだ。

アズサは背中から撃たれた。

「……へえ、じゃあ琴野って聞いたことないけど、凄《すご》い家だったりするってことかなあ？」

彼女はにこにこしながら続けた。自らのふわふわしたツインテールを弄《いじ》りながら。

笑顔の裏側に、値踏みするような視線をひしひしと感じる。

「いや、彼女の家は一般家庭だ。だが、その才はすぐに発揮されることになるから安心してほしいね。大丈夫、キミたちも彼女から学ぶことが——」

「校長先生!!　ストップ！　ストップイット！！！」

アズサ　セナカ　アナダラケ。

「ど、どうしたんだい琴野くん」

「褒《ほ》めてくれるのは嬉しいですが、あの、ね!?　もう大丈夫ですんで！　席、座ります、あたし！　それはもう陥没《かんぼつ》するくらい！　穴があったら入りたいくらいですから!!」

「え、あ、そ、そう。席は……」

ただでさえアウェーなのが、校長の掩護《えんご》射撃によって背後から穴だらけにされて。

あたしの学園生活、終わったかもしれない。そんな風に思いながら、校長とともに空席を探す。すると。

そういえばひとりだけ、歓迎してくれそうなクラスメイトが居たことをアズサは思いだす。

「それでは、わたくしのお隣で」

最後方の席で、不死川陽菜《しなずがわひな》が淑《しと》やかに微笑《ほほえ》んだ。

†

昼休みの教室。人もまばらになってようやくアズサは一息つくことができた。

「いやー、歓迎されてないわねえ」

白い謎の金属で作られた机の上に突っ伏すと、頰《ほお》がひんやりと冷たい。

「そんなことはありませんわ！　だってわたくしは大歓迎ですもの！」

「そう言ってくれるのは不死川さんだけよ……ありがとう……」

「ああ、アズサさんがこんなに干《ひ》からびて……」

どっと疲労感に襲われたのは、アズサにとっても意外だった。

異世界での体と今の体は同じだし、培《つちか》った体力を失っているとかでもない。

「長旅の方がまだマシだ、なんて思うとはね……」

誰かに気に入られようと頑張るのが、こんなに大変だとは。

要は慣れていないことをした反動だった。

「あ、それに最初の挨拶《あいさつ》、大変可愛《かわい》らしかったですわよ？」

「やめて。それは追い打ちだから」

「!?」

ばかな、とおめめまんまるになる陽菜を見て、少し元気を取り戻す。

「ま、たったひとりでも味方がいてくれる。それで十分かしらね」

異世界のことを思い出し、アズサは緩くはにかんだ。

今は陽菜もいるし、森本も味方でいてくれるとは言っている。

十分すぎる、と結論を出してしょげた心を持ち直したアズサが隣を見ると、何やら使命感に駆られたような顔の陽菜が拳を握りしめていた。

「わたくしは、アズサさんの味方ですわ！」

「ありがと」

ふ、と笑ってから思い出す。単に友達には優しく接してくれる子だと思っていたが、森本の言葉が真実ならば、自分は陽菜に何かしてあげたことがある様子。

それが全く思い出せないし、陽菜の好感度の高さも気になるところ。

「ねえ、不死川さん。あたし――」

そう、問いを投げようとした時だった。

「ねーねー、ふたりって仲良しなの？」

誰や、と思ってアズサが顔を上げると、そこに居たのは先ほどのギャル。アズサが苦手そうなタイプの、笑顔の裏側にナニカがありそうな、偽《ぎ》天真爛漫系女子。

いや、これは単にアズサの偏見ではあるのだが。それでも、先ほど校長に彼女が投げた質問には、敵意交じりのものを感じたことを思い出す。

「はい、当然ですわ」

誇らしげに頷《うなず》く陽菜に、「ふーん」と少女は気のない返事。

「あ、わたしはね、否忌島夕妃《ひきじまゆうひ》って言いまーす。よろよろ、夕妃ちゃんって呼んでねっ」

ウィンクする夕妃に、どうしようかなーとこきこき首を鳴らしながらアズサは答えた。

「宜《よろ》しく……夕妃ちゃん」

「合格っ！　あはは、けっこーノリいいじゃん？」

けらけらと、夕妃は表向き楽しそうに笑いながら続ける。

「それで不死川に取り入ってここ来た感じ？」

アズサの表情が苦笑いに変わった。

「あー、そういうことねー」

どうやら陽菜の家も名家らしいことは分かっている。そもそも小学校の頃からひとりだけ放つ雰囲気が違ったのだ。それは分かる。

で、急に来た転校生が陽菜と仲良くしていれば、なるほど確かに邪推の余地はある。

「夕妃さん、言葉が過ぎましてよ」

「あはは、そうかな。それはアズサちゃんの弁明次第？」

こてん、とあざとく首を傾《かし》げてみせる夕妃。アズサは彼女を見据え、ふとあることに気が付いた。今クラスにいる人間の注目が、ここに集まっている。

朝の教室で声を上げたことも含め、彼女がこのクラスで持つ権力じみたものはそこそこ大きいのだろうと察してはいた。なるほど、クラスを代表して琴野アズサを探りに来た感じかと、

アズサは納得する。

表情とは裏腹に一切笑っていない視線を向ける夕妃に、アズサは答えた。

「不死川さんって、異例の転校をねじ込めるほど権力あるの？」

「……さあ。でも指折りの名家だからね」

「それは凄いわね、不死川さん」

「ふえっ!?　あー……どうでしょう、ね」

急に水を向けられて困った顔の陽菜をよそに、アズサは続ける。

「ま、不死川さんとは小学校の頃のクラスメイトってだけよ。再会も数日前」

「ふーん……？　にしてはあの陽菜ちゃんが随分《ずいぶん》懐いてるものだと思ったけど」

「え、誰にでもこうじゃないのこの子」

「えっ」

おや、とアズサと夕妃は首を傾げた。

初めて夕妃の瞳から疑いの色が消えたような気もして。

ふたり同時に、視線が陽菜の方へ。

「え、え？　なんですの？」

「や、なんですのじゃなくて。不死川さんって誰にでも親しみあるわよね？」

それこそ、小学校の頃は小汚い子ども自分《じぶん》にも笑顔で接してくれていたし、べつにそれはアズサが特別だったわけではない。笑顔で多くの児童に囲まれていたはずだ。

その記憶が正しければ、と思って陽菜を見れば、しかし陽菜は陽菜で難しい顔。

「あれ？」

「……不死川としての務めがありますから、この学校でのお付き合いはほどほどですわ」

「あー……」

どうやら魔法の世界では、家柄に相応《ふさわ》しい振る舞いをせざるを得なかったようだ。

そういえば陽菜は最近友達が増えていないと言っていたと、アズサは思いだして納得した。

それは夕妃も同じようで。

「認識が違ったっぽいねえ。ま、いいや。変に陽菜ちゃんに取り入ったわけじゃなさそだし。ごめんねー」

「誤解が解けたなら何よりね」

ふう、とアズサも一息。変にこんなところでいさかいを起こしても仕方がない。

ひらひらと手を振って、この話は終わりだとジェスチャーを送ってみると、夕妃は楽しそうにくふふと笑って。

「お、アズサちゃん懐《ふところ》が広い！」

「はいはい、夕妃ちゃんも謝れて偉いわ」

腹の底を見せたわけでもないし、本当に仲良しになったわけでもないが。

この場は収まったのだとクラスにアピールするように、夕妃のノリにアズサも合わせた。

それで夕妃が立ち去ればおしまい、という段になったその時だ。くい、とアズサは袖《そで》を引かれる感覚に振り向いた。

「あの。アズサさん」

「ん、どうしたの不死川さん」

もの言いたげな陽菜に、アズサは首を傾げる。踵《きびす》を返しかけた夕妃も、なんだか面白そうな予感に立ち止まった。

陽菜は口元を押さえ、何かを口にしかけては閉じ、を数度繰り返し。絞《しぼ》り出すように言った。

「……あちらは夕妃ちゃんで、わたくしは不死川さんなんですの？」

「へ？」

「あはははっ」

高らかに笑ったのは夕妃である。

なるほど、今の場を収めるやり取りが、単なる仲良しに見えたのだとしたら。

「そういうところが、陽菜ちゃんが陽菜ちゃんでしかないとこなんだけどっ」

やれやれと呆《あき》れたように首を振って、目を瞬かせているアズサに耳打ちする。

「ほーんと気に入られてんね。なんかあだ名でも付けてあげたら？」

「は？　あだ名？」

「普通にちゃん付けだと変わんないじゃん。あ、今陽菜ちゃんは不死川さん呼びが不満なんだけどそこは分かってる？」

「あたしだってそこまでアホじゃないわよ。でもあだ名ぁ……？」

雨の日の子犬のようにアズサを見上げる陽菜に、アズサは腕を組んで考えること数秒。しなずがわひなだから。

「……じゃあ、シナヒナで」

教室中が静まった気がした。

「ええ、アズサちゃんそれは……」

夕妃も呆れるセンスに、アズサも少しまずったかなと舌の裏で頬《ほお》を突く。と。

「ふ、ふふ」

俯《うつむ》いた陽菜が、ほんの僅《わず》かに肩を震わせて。それから、顔を上げた。

その表情は大層嬉しそうで。

「はい、シナヒナですわ！」

あ、それでいいんだ……とクラス中が思った。

†

午前中の授業は、アズサもよく知る一般教養の座学であった。

とはいえ高等部の授業に突然放り込まれたこともあり、教師が話す内容はほとんど何も分からない。これは大変だと、自身の未来に不安を募《つの》らせるアズサ。

ただ、案外アズサにとってこれもまた有意義な時間であった。

「学校の授業も、ちゃんと受けようと思うと楽しいものね」

未来に希望があればこそ、そのための道のりは何もかも。

どうやってこの先の予習をするべきか考えていたアズサは、陽菜と並んで移動教室の真っ最中であった。

「アズサさんアズサさん」

「はいはいどうしたの」

ちらりと見れば、自分より幾分か背の低い純白の少女は、何かを待っているように期待に満ちた目でアズサを見つめている。

「おなかすいたわね、シナヒナ」

「そうですわね！」

えらい楽しそうである。

笑顔のあちこちから音符が飛び出しそうな勢いで、どうやら人生初らしいあだ名を喜んでいるようだった。

本人が楽しいならいいか。この催促《さいそく》もう五回目だけど。

なんならアズサ自身も、ただ呼んであげるのが妙に気恥ずかしくて「おなかすいたわね」なんて付けたものの、昼休みに昼食は済ませたばかりである。そう思えば陽菜の「そうですわね！」という返事も何も考えていないに違いない。

「次がいよいよ魔法の授業ね」

「そんなに身構える必要はありませんわよ。黄龍のクラスに来るようなひとが困るようなことはありませんわ。初歩の初歩ですし」

「うーん」

アズサにとってはその初歩がだいぶ問題なのである。

渋面《じゅうめん》を浮かべながら歩く廊下《ろうか》は、学校の廊下というには上品な設《しつら》え。上履《うわば》きを履いた足が教える感触は絨毯《じゅうたん》のそれで、ところどころに絵画が飾ってある。

洋館か、高級ホテルか。そういうところは、ここが普通の学校ではないことを教えてくれていた。現状、魔法っぽいのはその景観くらいだが。

「魔法学校一日目は、アズサさんにとってはどうでしょう？　その……朝は少し……えっと、大変頑張っていましたけれど」

「精一杯のフォローありがとう……」

がっくりと肩を落としながら、アズサは考える。

夕妃との邂逅《かいこう》以降は、それほど気になることもなかった。むしろ夕妃が話しかけてきたことで、周囲の奇異の視線はほんの少し収まったというべきか。

ただきっと、次の魔法の授業では注目されてしまうだろう。

そこでどう誤魔化《ごまか》すか。アズサが次に悩むべきはそこであった。

「でも、あたしはきっと今を楽しんでると思うわ」

「そうですの？」

「午前中の授業は、ほぼ何も分からなかったけど楽しかったし。次の授業の予定があって、それをこなして一日を進める。こういうのって、悪くないわね」

そう言うと、陽菜は首を傾げた。

「なんだか、当たり前のことのように聞こえますけれど」

「そうね、当たり前。当たり前が良いわ」

なおももの言いたげな陽菜に、わざわざ異世界の苦労を語るつもりはない。

アズサはこの話を切り上げるように笑って、抱えていた教科書をぎゅっと抱きしめた。

「明日も明後日も、宜《よろ》しく」

「当たり前ですわ！」

それもまた、当たり前。

ただ、当たり前の日常を謳歌《おうか》する、というには、この学校に入って一日目だという事実が、まだまだ新鮮さを忘れさせてはくれないようで。

ふとアズサが顔をあげると、それとほぼ同時に目の前の丁字路《ていじろ》を曲がってくる、集団。

「……」

それはまるで、群れだった。

ひとりのボスをいただいて、その取り巻きが脇を固める。

それぞれネクタイは青白赤緑とカラフルで、ただそのボスをはじめとした数人は黄色のタイを結んでいた。

同じクラスにこんな人たちいたっけ？　とアズサは首を傾げかけ、そして思い出す。

黄龍のクラスもふたつあるのだと。

「……不死川」

「ごきげんよう、吉祥院《きっしょういん》さん」

どうやらボスと陽菜のふたりは知り合いらしい。ただ、その雰囲気《ふんいき》は決して友好的とはいえなくて、アズサは困った。ふつうに道を譲《ゆず》ろうと思ったところで、全員立ち止まってしまった。

助けを求めようと取り巻きの方をちらっと見ても、「誰やお前」みたいな目が返ってくるだけ。ですよねー、とアズサは様子を見守ることにした。

「わたくしに挨拶《あいさつ》だなんて、珍しいこともあるものですわね」

「ああ、もうお前に用はない」

わーお鋭い切れ味、とアズサは少し眉《まゆ》を上げる。

ボスらしき人物は、陽菜と並べば大変映える、長身痩軀《そうく》の青年。

男性アイドルのセンターとかにこんなクールなイケメンいた気がする、などとアズサは適当なことを考える。取り巻きを多く連れている黄龍の人間、というだけでおおよそ彼がどういう立場の人間なのかは察しがついた。

陽菜と同じく名家の生まれだろうし、魔法の技量も高いのだろう。

なんとなく感じとる魔力量は、取り巻きどころかアズサの黄龍のクラスと比べても頭ひとつ以上抜けている。

「……おい」

と、ぼけっと青年を観察していたら、その切れ長の瞳がまっすぐにアズサを捉えた。

「アズサさんになんの用ですの」

そしてなぜかアズサを庇《かば》うように立つ陽菜。残念ながら身長が祟《たた》って全然まったくアズサと青年の視線を遮《さえぎ》れてはいないのだが。

「あたし？」

「お前が、転校生か？」

「そうだけど？」

特になんの気負いもなくさらっとアズサが答えると、僅かに青年の口角が上がる。

ただ、その〝普通〟の対応を、普通ではない男にしたことが取り巻きにとっては癪《しやく》に障《さわ》った。

「おい、名乗るくらいのことはしろよ」

「なんだその態度は」

口々のクレームに、かちんときたのはアズサではなかった。

「あなたがたこそ大層不躾《ぶしつけ》なこと。名乗るのならまず自分からではなくて？」

す、と上品に手を払い、毅然《きぜん》とした態度で向き合う陽菜。

小型犬宜しくな陽菜の普段の雰囲気からはかけ離れた、貴族令嬢のような鋭い雰囲気に、取り巻きたちは何かを言いたげにもごもごと口を動かすも、結局何も言わなかった。

陽菜も名家の人間だからか、その辺りは力関係があるらしい、とアズサは分析して。

「あ、琴野アズサね」

「アズサさん!?」

揉《も》めても仕方ないし、とさらっと名乗った。

「……ふん」

そうか、とばかりに鼻を鳴らす青年。

こちらが折れたような雰囲気になって不満げな陽菜の横に並び立って、アズサは自らの長髪を弄《いじ》りながらこともなげに問いかける。

「で、あんたは?」

その言葉に、取り巻きがざわっと空気を揺らした。

それこそ不躾だからか。ただ、当の青年はむしろ、今の言葉で良かったらしい。

ほんの僅《わず》かに口元だけで笑って、言った。

「吉祥院征人《まさと》」

「そ。もう良い? あたしたち移動教室だから」

この場さえ収まればいい。夕妃の時同様、アズサが青年――征人に目をやると。

「不死川と同じクラスだったな。どうやって入った?」

「べつに陽菜のコネとかじゃないわよ?」

「いくらこいつの家でもそれは無理だ。俺が言っているのは、魔力反応の話だ」

「あー……」

魔力反応。つまりは、森本とやった水晶の話だろうと察して、アズサは言葉を濁《にご》す。

「それなりに高い魔力を持っていることは分かる。琴野という家は知らないが、お前なら——」

と、征人がそこまで言うと、陽菜が割り込んだ。

「次の許嫁《いいなずけ》候補、ですの？」

「え、許嫁!?」

ぎょっとしてアズサが征人を見ると、冗談を言っているような顔でもなければ、陽菜の言葉に動揺《どうよう》した様子もない。

ただ、それとは別にゆっくりと視線を陽菜に向け、征人は言った。

「俺とそいつで話してる。ザコは引っ込んでろ」

「なっ……」

想定外の言葉に思わず閉口する陽菜をよそに、征人は視線をもう一度アズサに向けて。

「俺は次期当主だ。跡継ぎのことを考えるのは当然だと、そいつはそう言いたいんだろう。だがそんなことはどうでもいい。俺が求めているのは、強さだ」

「……？」

「見知らぬ強者《きょうしゃ》なら、戦い、糧《かて》を得る。それだけの話だ」

「あー……要は、強くなりたい、と」

「魔法の家に生まれたならば、当然のことだ」

そう頷《うなず》く征人の周囲で、取り巻きが告げる。

「とはいっても、征人より強いやつなんて同年代にいるわけねえだろ」

「そうそう。そんな名前も知らない家の女なんかが――」

そう口々に征人に声をかけるのを、彼自身は無視してアズサの答えを待つ。

不服そうな陽菜と、同じく不服そうな取り巻きたちがアズサを見つめる中、彼女は少しだけ眉を下げて言った。

「強いってそんなにいいもんじゃないわよ？」

「はっ」

鼻で笑った征人は返した。

「それは強い人間が言って初めて価値を持つ言葉だ」

同時、鐘が鳴る。移動教室の鐘だ。

「あ、あたしたちもう授業……ってかあんたたちもそうなんじゃないの？」

「……行くぞ」

征人が取り巻きに声をかけ、アズサと陽菜の間を抜けていく。

その光景を陽菜だけが、べーっと舌を出して見送っていた。

†

「もう、なんなんですの！　あの方々は！」

「まー、そういう文化なんじゃないの？」

「アズサさんもアズサさんですわ！　どうしてがつんと魔法のひとつやふたつぶっぱなしてやりませんの！」

「しちゃまずいでしょ」

「それはっ……うー」

移動教室でやってきた訓練棟。体育館くらいの広さを持つアリーナに足を踏み入れた陽菜は、先ほどからずっとこんな感じに怒り心頭である。

「ていうか、あの、吉祥院だっけ。知り合いなの？」

軽い気持ちで投げた言葉に、陽菜はぴたっと止まって呟《つぶや》いた。

「……元許嫁ですわ」

「衝撃の事実過ぎる」

「終わったことですし、今のわたくしには無関係。アズサさんも、あの方にはお気を付けて」

「気を付けてって言われてもねえ」

元許嫁というパワーワードのせいで色々吹き飛んで、アズサは生返事。

そういう世界だもんねえ、という納得もあった。

ただその気のない返事がさらに、陽菜の不満をあおったようで。

「もう。仕方ありません、アズサさんはわたくしがお守りしますわ」

「ありがとう?」

首を傾《かし》げて、それから改めてアリーナに目をやる。

さて、魔法の授業というのは具体的にどんなものをやるのだろうか。

科目の名前は、『現代魔法基礎Ⅰ』。

周囲には既にクラスの面々が揃っており、視線を感じた方へ目を向けると夕妃がにこっと笑った。

「……うーん、測られてるわねえ」

黄龍に入った実力を見せてもらおうか、と言わんばかりの視線に、アズサの気分は重い。

ほどなくして、ローブを纏《まと》った教師が入ってくる。

流石《さすが》にＴＨＥ魔法使いというような三角帽子は被《かぶ》っていなかったが、それでも纏うローブと雰囲気《ふんいき》には迫力があった。感じ取れる魔力量も相応だ。

壮年の教師はモノクルをかちゃりと掛け直し、咳払《せきばら》い。

「本日が三度目の授業となる。どうやら新入りもいるようだが……自分にできることとできないことを見極め、最低限の技量を身に着けるのがこの授業だ。ぬるい魔法でも気を抜くな」

新入りという言葉で、周囲の注目を浴びたアズサはたいそう居心地が悪かった。

どうか、課題が自分で誤魔化《ごまか》せる魔法であってほしい。

そんな祈りは。

「では今日は花びらを出す初歩の魔法から」

一瞬で砕かれた。

「げっ……シナヒナが見せてくれたやつよね？」

「ええ。黄龍に所属している者ならなんの問題もありませんわ」

「ふふ……なるほど、ね」

——森本と入学を決めたあと、アズサは試したことがある。

それは、現代の魔法を使うことができるのかどうか。その結論はあっさりと出た。

アズサに、現代魔法の適性は一切無い。

異世界の魔法に適合したからか、それとも先天的に魔力を持っていなかった以上致し方ないことなのか。理由こそ定かではないが。

よって。

「転校生、どうした」

「え!? あー、難しいですね！」

「ふむ……？」

授業が終わるまで、アズサは花びらひとつ出すことができなかった。

横目で観察していた夕妃が、誰にともなく呟いた。

「なんでアズサちゃんが黄龍なんだろうねー、不思議だねー」

# 4 危機感知ＥＸ

東京《とうきょう》魔導《まどう》訓練校《くんれんこう》から徒歩二分。ほとんど並びの場所に、生徒が通う学生寮がある。

全寮制ではないにせよ、八割以上の生徒がこの寮での生活を選んでいるらしい。

それもそのはず、ひとりひとりの部屋に整えられた設備は、一般家庭の生活水準を軽く凌《りょう》駕《が》するものだった。

寮での食事は名家の生徒も満足するビュッフェスタイル。

部屋もひとり十畳《じょう》ほどの綺麗《きれい》なワンルームが与えられ、生活用品は日用品から家電に至るまで申請すればほとんど支給される。

大浴場がありながら、ユニットバスと簡易キッチン付きで水回りも申し分ない。

そんな素晴らしい環境に引っ越してきた琴野《ことの》アズサはしかし、絶賛ベッドに突っ伏していた。

「あたしは花びらひとつ作れない女……」

全員が当たり前にできる魔法がひとりだけできず、視線が突き刺さる針の筵《むしろ》。

きっと明日には噂《うわさ》になっているに違いない。黄龍《こうりゅう》の転校生は落ちこぼれ。

「もうむり、アニメ見よ」

もぞっと起き出して、部屋に備え付けの大画面モニターを点《つ》ける。

改めてこれまでの暮らしとは雲泥《うんでい》の差だと実感しつつ、サブスクで加入したアニメ配信アプリから、今週の『魔法少女カラフル★ピュアリズム』を選ぶ。

これから大好きなアニメを見るとなって、死んでいた目に徐々に光が戻ってきた。

「みんなが憧れる非日常は、このくらい仲間との友情できらきらしてるべきよね……」

全財産を叩《はた》いて買った主人公のフィギュアが、ベッド脇で世界一可愛《かわい》くポーズを決めている。

さあ、暗い気分を払拭《ふっしょく》するべく再生だ、とボタンに手を伸ばしかけたその時だった。

「――」

ぴた、とアズサの動きが止まった。

授業で醜態《しゅうたい》をさらした死んだ目でも、アニメにきらきら期待する目でもない、〝勇者〟としてのアズサの瞳が静かな熱を灯す。

「……この反応。西か」

強烈な〝魔〟の気配。

人には出せない、寒気のするような魔力放出。

それなりに近い距離だ。文字通り、飛べばすぐ。

アズサは思い返す。この学校に通う者は魔の勢力との戦いに駆り出されること。

そして、魔の勢力との戦いでは、犠牲者《ぎせいしゃ》も余儀《よぎ》なくされることを。

今更疑う余地もなかった。実際に魔の気配が今している。

「よし」

もう夜も遅い。そしてこの距離の魔力探知ができる生徒はいないだろう。

同学年に限った話ではあるが、今日多くの生徒を見た。ことさら優れていると周囲に認識されている生徒も含めて。

そのうえでアズサには分かる。この中で自分が一番強いことくらいは。

アズサは寮部屋の大きな窓を一瞥《いちべつ》して、そっとその鍵《かぎ》を開けた。

†

「諸君、集まってくれて感謝する」

魔法省《まほうしょう》直属討魔《とうま》専門部隊〝三足烏《サンソクウ》〟、ミーティングルーム。

各地の魔導訓練校を卒業した精鋭魔法使いによる、魔の勢力を退けるために構成された集団。

その実働部隊のトップの名は、不死川供骨《しなずがわきょうこつ》。黒い手袋越しの手でネクタイを引き締めながら、全員の注目を浴びて彼は告げる。

「四月二十六日、二十三時五十四分。魔の気配が感知された。階級は仙級《せんきゅう》LEVEL3。強大な相手には間違いない、気を引き締めてかかれ」

ブリーフィングにかける時間はごく僅《わず》か。

実害が出る前に一刻も早い対処をと、その場にいる全員が理解していた。

十数人の集団の中、矢継《やつ》ぎ早《ばや》に命令を下した供骨がひとりの若い青年に目をやる。

「今回も期待している、吉祥院《きっしょういん》」

「はい」

在学中の身でありながら、たったひとり三足烏に所属することを許された天才、吉祥院征人《まさと》の姿がそこにあった。

「二十三時五十八分、三足烏出動する」

征人の出陣はこれで四回目。まだまだ魔の勢力との生死を懸《か》けた戦いには慣れないながら、震える手をぐっと握りしめた。

†

黒夜に吹き荒れる暴風。

西東京の自然保護区域に、魔力と魔力のぶつかる強烈な波動が巻き起こった。

丑《うし》三《み》つ時《どき》も近く眠っていたはずの草木が悲鳴を上げ、なぎ倒しにされるさまはまるでハリケーンだ。

着弾する極太《ごくぶと》のレーザーは強く強く熱を持ち、一瞬前までの豊かな緑を灰に変える。

なんとか身を捩《よじ》り直撃を免れた小さな影は、苦々しい表情で空に佇《たたず》む少女を睨《にら》んだ。

『なぜだ』

「なにが？」

『なぜ貴様がここに居る!!』

人影が、慟哭《どうこく》の如くそう叫ぶ。と同時、その異形《いぎょう》が露わとなった。叫ぶ口はおよそ顔と呼べる範囲の半分以上をぐわばと開き、瞳は三つ縦に開いている。

まごうことなきその魔は、これから目につく人間を全て己のやり方で葬《ほうむ》る〝ゲーム〟に興じるつもりでいた。それこそが、この世界に顕現《けんげん》した目的だからだ。

だがそれがどうだ、その弄《もてあそ》ぶべきたったひとりの小娘に、ただただ圧倒されている。

「なぜって……あんたみたいなのが居るからよ。せっかく帰ってこられたのに」

『おのれ――』

大きく魔の者が手を払えば、邪気を帯びた複数の魔弾が展開される。

大人ほどもあるその球体は黒い稲妻《いなずま》を迸《ほとばし》らせながら、上空の少女へと殺到した。

「これ、当たるとどうなるの？」

『はっ、綺麗に貴様の体が中外で裏返る。芸術的だろう？』

「……どっちの世界も、魔族が人間をおもちゃだとしか思ってないのは変わらないのね」

溜め息をひとつ。

少女は少し遠くを一瞥して、それから自身の手を迫りくる魔弾に翳《かざ》した。

瞬間放たれたレーザーが、太く太くその魔弾五つを纏《まと》めて呑《の》み込む。拮抗《きっこう》する間もなくそのまま魔族めがけて貫かれる熱の放射に、たまらず異形の翼をはためかせて魔族は飛んだ。

『ふざけた魔法を！』

「そうよ。こんなふざけた魔法しか使えないの、あたしは」

可愛げの欠片《かけら》もない、汎用《はんよう》性のはの字もない。

レーザー以外に使えるのは、広域殲滅《せんめつ》型の魔法か、感知か、己を強化する魔法だけ。

ただひたすら、殺しだけを磨《みが》き上げた。それが、アズサの魔法だ。

『とっとと、オレに芸術を見せろ!!』

「あんたたちの遊びに、この世界の人まで巻き込んでたまるかっつーの」

異形が両手を払えば、都合十個の魔弾が精製される。

それが全て、今度は複雑な軌道を描き少女へ向かう。

これならば、レーザーで纏めて消し飛ばされることもない。

ニヤ、とその大口の口角が上がると、少女はため息を一つ。

「一つで事足りるから、一つしか使わなかっただけよ」

『なっ……!!』

瞬間、少女も同じく手を払った。その流れた腕の軌跡から、三つのレーザーが放たれる。

先ほどと同じ太さで、同じ威力で、ただ無慈悲《むじひ》にその魔弾を焼き払う――。

「これは、何が起きている……？」

それぞれの得物《えもの》を手に駆けつけた、揃いの衣装に身を包んだ特殊部隊。

三足烏の面々は、想像だにしなかった現場の光景に目を見開いた。

白虎《びゃっこ》クラス出身の感知に優れた精鋭が、細めていた目を閉じて振り返る。

「間違いありません、ひとつが仙級の魔……しかし」

「それは劣勢の方、だな？」

「信じがたいことに」

リーダーの言葉に頷《うなず》く精鋭も、目の前の状況に半信半疑だ。

自分たちが駆けつけるまで約一分。魔の気配を魔法省が探知してからおよそ七分。

その間にどれほどの犠牲が出るか、いつもいつも胸を痛めていた。

ただそれでも、ひとりでも多くの人間を守るのが彼らの仕事だった。

三足烏に加わって日の浅いメンバーは、魔がもたらす暴威とその凄惨《せいさん》さにいつも精神を病む。

それがどうだ。

人的被害はおよそ皆無。どころか、こんな人のいない区域に魔が現れたことが珍しい──否《いな》。

「……おそらくあの魔法使いが誘導したのだろう、この人気《ひとけ》のない場所に」

焦土《しょうど》の強烈な臭《にお》いに紛《まぎ》れ、観測するのは難しいが。

探知に優れた魔法使いなら、どの方向からどう魔法が使われたのかは把握《はあく》できる。

人の多い区域から、魔を追い出すように──あの魔法使いが戦っていたに違いない。

いったい──と視線を向けたところで、部隊のひとりが声を漏《も》らした。

「──あいつは」

吉祥院征人。

目を見開いた彼の視界を埋める、靡《なび》く黒髪。

およそ魔法礼装と無関係な、可愛らしいパジャマ姿。

寝間着《ねまき》で飛び出してきたことを察した人間こそいなかったが、征人には彼女が誰なのか分かった。

その間にも、部隊内での会話は続く。

「隊長、どうしますか」

「援護するべきか、それともあの魔法使いも警戒するべきか」

一瞬考えて、隊長は結論を下す。

「様子見だ、周囲に被害の出ないよう散れ」

隊長の指示に従い、すぐさま散開する精鋭部隊――しかし。

「おい、吉祥院!!」

その中で、たったひとり影が飛び出した。

最年少ながら精鋭部隊の中でも指折りの実力者。だがその若さがそうさせたのか、それとも一等高い家柄が部隊長の命令を無視する選択を与えたのか。

風のように突っ切って、飛行魔法を駆使し突撃する――。

おそらくは学園の部隊がやってきたのだろうとは、先ほどアズサも気が付いていた。

そのうえで様子見の選択を取ったらしいことに安堵《あんど》して、人類の敵目掛けて魔法を放つ。

琴野アズサの魔法は、誰かを守れるようにはできていない。練習したこともない。

ただひたすらに、独りで戦ってきたが故。

だから――

「琴野アズサ」

そう、横に並んだ青年にアズサは目を瞠《みは》った。

「えっ」

「加勢に来た」

その一言は、平時ならありがとうと返事もできる頼もしいもの。

だが、たった今目の前で、魔が人を弄び殺す魔法を放ってきた瞬間で。

アズサにも余裕がなく、彼女はレーザーを放ちながら言ってしまった。

「ごめん守れない、下がって」

「っ」

ばっと、加勢に来た征人の前に立ちはだかり、異形の放った魔弾をレーザーで焼き切る。

その時アズサは知らなかった。征人が今使おうとしている魔法は近接型で、むしろ誰かを守りながら戦うのが彼の本懐であることを。

だが、当たれば死に直結する魔の勢力との戦いで、アズサにも余裕はない。

これ以上誰かを失いたくないが故、魔法学校に入学することを決めたくらいには。

アズサは強い。

だがそれはしょせん人間に限っての話だと、誰よりもアズサはよく知っている。

「おいっ」

声を上げるも、アズサの言葉は平坦だ。

「邪魔」

仲間との戦いなど、数年前に忘れ去った。

アズサは己の魔力を練《ね》り上げ、異形の逃げ道を塞《ふさ》ぐようにレーザーを放つ。

『ぐっ……貴様ぁあああああ！』

「終わりよ！」

華のない、武骨で強いだけの魔法が、魔族の魔法を全て呑《の》み込んで――そのまま魔族ごと消滅させた。

それを、吉祥院征人はただ見ていた。

征人にとって、己が足手纏《あしでまと》いだという事実はあまりにも衝撃で。

そして初めて味わう屈辱《くつじょく》だった。

†

その少しあと。

アズサは、真夜中の校長室に呼び出しを喰らっていた。

「お説教だよお説教！」

「え、っと……」

ペンギンが怒ったように羽をぺちぺちとデスクに打ち付けている。

それをただただ、アズサは見つめていた。

前回とは違って、立ちっぱなしで。

「でも、あたしでどうにかなりましたよ？」

「だから問題なの！」

はあ、と大きなため息を吐く森本《もりもと》の言っていることが、アズサにはいまいち理解ができなかった。どうにかなったのが、問題とは。

「あたしが目を付けられる、とかですか？」

「………………琴野くんさ」

森本は、やれやれと立ち上がって、アズサと目線を合わせた。

その瞳の奥にあるのは、なんだろうか。呆《あき》れがあることは分かる。だが、それ以外の感情がアズサには分からなかった。分かったのは、いくつかの感情が混ざっていることだけ。

「や、確かに私はキミに色々言ったよ。キミの魔法がバレたらとか、野良《のら》だとキミに魔法省からの危険が及ぶとか。それも大事なことだけど……今のはそのまま死に直結することだよ？」

「あたしも分かってますよ？」

「琴野くん……」

森本が何に呆れているのか、アズサはいよいよ分からなくて、首を傾《かし》げるしかなくなった。

「いいかい。キミの命はひとつだけだ」

「……」

「キミがひとりで飛び出した理由は、なんとなく分かる。たぶん、自分が一番強いから。他の犠牲《ぎせい》が出るような現場なら、自分が出た方がいい。そんなところじゃない？」

その言葉はまさしくアズサの胸中を当てていて、アズサは頷く。

校長ともなれば、まだ会って日の浅い相手の気持ちも当てられるのだろうか。

「そういうやつから、死んでくんだ」

「………先生」

「琴野くんの過去にどういうことがあったのか、なんとなくは聞いたよ。でも、私たちは異世界の人間じゃない。キミひとりに、犠牲を強《し》いたりしない」

「でも、部隊の人たちが来るまで時間ありましたし。あたしが行ってなかったら、魔法と無関係の人たちが犠牲に」

「だとして、ひとりで行く理由はあった？　三足烏だって集団行動が鉄則だよ」

「……」

「キミの強さが欲しくて、この学校に招いた。それと同時に、私は言ったはずだ。ここは魔法使いの心得を学ぶ場だから来てほしいと」

アズサがこの学校に来る理由はたくさんあった。

同時に、森本がアズサをこの学校に招いた理由もたくさんあった。

そして、たくさんあるからといって一つ一つの理由が軽いわけではないのだ。

「キミの探知能力の高さも、強さのひとつだと思う。それを専門に鍛える白虎ってクラスがあるくらいに、重要な能力だと思っている。それを活《い》かしてくれるだけで十分」

そう言われてしまえば、アズサもぐうの音《ね》も出なかった。

単に、すっぽ抜けていただけだ。

自分以外の誰かが一緒に戦うなんてことを。

「私も、琴野くんに勘違いさせてしまっていたようですまない。精鋭部隊は学生で構成されてるわけじゃなくて、きちんと卒業生の精鋭部隊だ。学生が学生のまま駆り出されるわけじゃない。ここで学んだ学生が将来的に魔の勢力と戦うことになるというだけ」

「はい」

それは、確かに誤解していた。

アズサは頷いてから、ぺこっと頭を下げた。

「なんか……ありがとうございました」

胸の内に温かみを感じた。異世界ですり減った感情が戻ってきたような気がして。

「なんかは余計だ」

森本は困ったようにそう笑う。

ばつが悪くなったアズサは一礼すると、森本に背を向けてこの部屋を辞そうとした。

扉に手をかけたその時、僅《わず》かに森本の口が動く。

「振り返らないで聞いてほしい」

ぴた、と動きを止めるアズサには、森本の意図はよく分からなかったけれど。

「私はキミと向き合う時は校長でなければならない。そして今、私の言ったことは正しい」

ただ、と森本は続けた。

「ひとりの魔法使いとして……そしてキミの出自《しゆつじ》を知る者として、ひとつだけ」

振り返らないアズサの小さな背中に、森本はしみじみと告げた。

「今なお、誰かを守ろうと頑張ってくれて、ありがとう」

アズサは振り返らずに部屋を出た。校長の言うことに従って。

そして、顔を見せられないから。

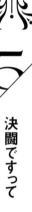

# 5

# 決闘ですって

あくびを噛《か》み殺して登校した翌朝のことだ。

妙にぴりついたというか、ざわついた魔力の乱れを感じて、アズサは足を止めた。

出所は自分の教室。一年黄龍《こうりゅう》Ⅱ組。

「……なんだか嫌な予感がするわね」

昨日の今日で、ダメダメ貧乏転校生琴野《ことの》をいじめてやろうみたいな空気ができていたらどうしようと思いながら、アズサは教室に足を踏み入れる。

その瞬間、突き刺さる視線視線視線視線。クラス中の注目を浴びたアズサは、へにゃっと笑った。

「あ、お、おはよ～、え へ ?」

その挨拶《あいさつ》に応える者は誰もおらず。

代わりに、クラスを仕切る夕妃《ゆうひ》の声がのびやかに響いた。

「来たよ、征人《まさと》くん」

え、征人くん?？?？?

同じ黄龍とはいえ別クラスの男がどうして、と一瞬固まったアズサの前で、ぱっと人混みが割れる。その先からずんずんと歩いてくるのは、昨日会ったばかりの吉祥院《きっしょういん》征人その人で。

「……琴野アズサ」

「あ、うん。昨日名乗ったわね、あはは」

昨日の学校のみならず、昨夜も。

ただ、できればこの場で昨夜のことは持ち出さないでほしいと祈るアズサの目に、映る征人は知ったことではないと鋭い視線を崩さない。

むしろ昨日とは比べものにならないほど鬼気迫る表情で、アズサは思わず半歩引いた。

言葉を選んでいる様子の征人から目を逸《そ》らして、アズサはどこか助けを求められる場所はないかと周囲を見やる。こういう時に限って頼みのお嬢様の姿はなく、代わりに目が合ったのは先ほどから首を傾げてこちらを見ている夕妃だけ。

「アズサちゃん、なにやったの……？」

「いや、なにも……」

小声でそっとささやく夕妃に、アズサは首を振るしかない。

すると夕妃は、征人の方に向き直って、努めたような笑顔で言った。

「ねーねー征人くん、アズサちゃんがどうかしたの？　ただの、ちょっと魔法がアレな転校生ちゃんだけど」

ちょっと魔法がアレ、というのがフォローになっているのかいないのか。

曖昧《あいまい》な顔をするしかないアズサだが、どうやら助け舟を出してくれていることは分かる。

ただ、征人はぎろっと夕妃を睨《にら》むと、ただ一言告げた。

「引っ込んでろ」

「えっ、でも……」

一瞬、征人とアズサを心配そうに見比べる夕妃。

ただ、その一瞬を彼は許してくれなかったようで。

「お前とは話していない」

「あっ……」

しょげたように、夕妃は目を伏せた。

このクラスの女王も、目の前の男相手には弱いのかもしれない。

そんな風に思いながら、なし崩し的に夕妃を庇《かば》うようにアズサは立った。

「この子はあんたの剣幕が凄《すご》いから庇ってくれたんでしょ。なんの用？」

夕妃と違い、アズサにとっては目の前の男は別にどうということはない。仕方なく問いかければ、征人の答えは至極《しごく》単純だった。

「今夜、訓練棟の第三アリーナに来い」

そして絞《しぼ》り出した征人の言葉は、アズサには一瞬理解のできないもので。

「え……なんで？」

困惑して、冷や汗を流しながら小首を傾げてみせると、征人はたった一言。

「俺と戦え」

「あー……」

ぽりぽりと、アズサは頰《ほお》を搔《か》いた。

この状況、周囲からどう見えているんだろうか。そんな思いが脳裏《のうり》をよぎったりしたが、もうそれを確認する気力もなかった。

ただ、それを返答を渋ったと思ったのか、征人は続ける。

「断るならここで始めるまでだ」

「ちょちょちょ、待った待った」

慌ててアズサは続ける。

「分かったから、分かったから。あんたもどんだけ名家か知らないけど、凄いやつだからルール破ってもいいとは思わない方がいいのよ？」

「ふん」

昨日の自分にブーメランが突き刺さるのも構わず、アズサは言った。

その返答で満足したのか、征人はこの教室にもたらした暴威を全く気に留めずにさっさと廊《ろう》下《か》へと出ていった。

「……」

最初から最後まで我が道を行く男だったと、アズサは呆《あき》れ半分。もう半分は、マジこの状況どうしようである。

「あー……ありがとね、夕妃ちゃん」

とりあえずは、目の前で落ち込んでいる少女に声をかけることにした。

「……嫌われちゃったかも」

寂しそうなその呟《つぶや》きは独り言のようで。アズサを責める意図はあまりなさそうだが、庇い立てしてもらった手前、何も言わないわけにもいかなかった。

「や、あたしを助けてくれたんでしょ？」

「だって、アズサちゃんの敵《かな》う相手じゃないし」

「……まあ、そう、ね！」

そこにどう返答するべきか迷ったが、ひとまず。

「とりあえずありがと。夕妃ちゃんが居てくれて良かったわ」

「……ん」

こくりと頷《うなず》く夕妃を元気付けるまで、少々時間をかけたアズサだった。

彼女がしょげた理由を知るのは、もう少しあとの話。

†

陽菜《ひな》が来たのは、授業が始まるぎりぎりのこと。

なんでも親が三足烏《サンソクウ》に関わっているとかで、昨日は夜まで裏方の手伝いをしていたらしい。

だから、陽菜とゆっくり話せたのは休み時間が最初であった。

隣の席の陽菜に話しかけると、なんとなく周囲の視線が気になる。

転校生が動物園のパンダ状態とはよく聞くものだが、こういうのであってたっけ？　と微妙な気持ちになるアズサだった。

「吉祥院さんがどんな人か……ですの？」

「うん、そんな嫌な顔しないで？」

露骨に不機嫌になる陽菜を、どうにかなだめようと微笑《ほほえ》みつつ。

「お願い教えて、あたしのシナヒナが頼りなの」

「……ま、そういうことなら仕方ありませんわね」

すぐに機嫌を持ち直してくれたようで、アズサはほっとした。

「わたくしとの関係はさておいて、吉祥院さんはいわゆるエリートですわね。少なくとも、中等部の頃からずっと、世代最高の魔法使いだとは謳《うた》われていましたので」

「へー……」

「それこそ、魔の勢力に対する魔法省《まほうしょう》のカウンター……討魔《とうま》専門部隊三足烏に在学中ながら所属しているという点でも、前例がほとんどない異例中の異例ですし」

気のないテンションで語るものだから、褒《ほ》めているようには聞こえないが。

それでも、その経歴が華々しいものであることくらいは無知のアズサにも理解できた。

昨日の魔法使いたちが、三足烏と呼ばれていることも。

「でも、ずっとエリートっていうのは大したものね。やっぱり何度も死にかけたりして頑張ったの?」

「え、なぜですの!?　ふつうにふつうの努力研鑽《けんさん》だと思いますけれど」

「あ、努力。努力ね」

どこまで異世界魔法とこの世界の魔法が同じなのか、その線引きは見極めなければならないと改めて思うアズサだった。

アズサ自身はほとんど死に覚えのようなもので、鍛錬をする暇なんて無かったから。

「でもそうすると……プライドに障《さわ》ったとかかしらねえ」

ぽつり、呟く。

昨夜、彼が戦う前に魔族との決着はついた。

アズサ自身も余裕がなく、加勢にきた征人に構う暇はなかった。

何を言ったかほとんど覚えていないが、邪魔とは言った気がする。

「家柄もおそらくこの魔法界で三指に入る吉祥院。才気に溢《あふ》れる次期当主ですから、あんな横暴な性格に育ってしまったのかもしれませんわね。そう思うと少しかわいそうですわ」

全然かわいそうとは思ってなさそうなトーンで、陽菜はぷいっと鼻を鳴らした。

陽菜に聞きたいことはある程度聞けた気がする。

あと問題は決闘そのものである。

プライドに障ったのなら、溜飲《りゅういん》を下げることが必要か。

べつに命のかかっていない勝負で負けるくらいは気にもならないが、アズサの実力は昨日彼に見せてしまった。

「どうすれば丸く収まるかしらね」

「ところでどうして吉祥院さんなんかのことを?」

「あー……それは聞かないで?」

「は〜〜〜!? そ、それはどういう! や、やめておいた方がよろしくてよ、あんな横暴な殿《との》方《がた》だけは! もっと、もっと素敵な人がアズサさんには……現れてほしくはありませんがとにかくあの人はダメですわ!」

「そういうのじゃないから、ほんとだから」

がなる陽菜をなだめながら、今日一日の使い方を悩むアズサだった。

†

放課後のアズサはひとり、大図書館で調べものをしていた。

飛行魔法の使用が自由ともあって、常人ではとても手が届かないような高所まで本棚《ほんだな》がそびえていて新鮮だ。

検索用の端末を使えば本の方から飛んでくるともあって、この技術だけでも魔法界の外に出せればいいのにと独《ひと》り言《ご》ちた。

「さて、と。このくらいで良いかしらね」

五冊ほどの本を読み終えて、アズサは一息。

彼女の調べものは、征人との決闘とは無関係。

むしろ、昨日の異形《いぎょう》についてだ。

あの魔族の言動や行動原理は、あまりにも。

「……あたしの知ってる魔族そのものなのよねえ」

書物を紐解いて分かったことは、日本神話のたぐいがどうやら現実に起きたらしいこと。

まさかヤマタノオロチやら九尾《きゅうび》の狐やらが実在したとはと驚く反面、こうして魔法使いが今日《こんにち》まで隠匿《いんとく》されていたことを思えば、納得もある。

鎌倉《かまくら》時代には陰陽寮《おんみょうりょう》も実在し、かの時代の人々が信じた易術《えきじゅつ》もあった。

挙句《あげく》、戦国《せんごく》時代の忍者たちが使う術も、魔法由来のものであったらしい。

かつては魔法世界とそうでない世界の境界が曖昧だったから、現代の文献にもまことしやかに残っているのではないかと。

ともあれ、異世界についての記述はやはり存在しなかった。

本をもとあった場所に転送して、アズサは席を立った。

向かう先は校長室だ。


「なるほどね」

「昨日、怒られた流れで言うのもあれかなーと思って」

大図書館で調べたことと、昨日感じたことを話すと、森本《もりもと》はひとつ頷いた。

それから、微妙な目をアズサに向ける。

「で、なんでそんな照《て》れ照《て》れしてるんだい？」

「いや……あたし怒られたんだなーって思って」

「照れることある？」

「あたしのためを思って怒ってもらえたこと、あんまないなーって」

「しれっと闇出してこないでよ……」

怒られている時は真摯《しんし》に受け止めるので精いっぱいだったが、思い返してみるとそうだ。

少し嬉しく思ってしまう自分もいた。

それに……校長と向き合った状態では、もう聞けない言葉もあった。

「うーん……異世界に関しては、私の方に情報はないからね。前にも言ったけど」

「はい。なので、有識者として話を聞けたらと」

「異世界の魔族とこっちの魔族の行動原理が似てる、かあ……」

「向こうの魔族は、魔王に褒められるため、でしたけどね」

目を閉じればすぐに思い出せる。

自分が何度も戦ってきた、〝魔族〟と呼ばれる異世界の脅威《きようい》。

ファンタジーな敵、と人々がイメージするものとほとんど相違ない見た目。角や翼、肌の色が青や赤、寿命《じゆみよう》が千年二千年……その種族性は様々ではあったが……共通していたのは、魔王と呼ばれる最強種に従って人間を滅ぼそうとしていたことだ。

彼らが何故人間と敵対していたのか、その歴史をしっかり紐解いたことはなかった。

アズサはただそう在れと、人間の尖兵《せんぺい》として戦わされただけだから。

己の現代への帰還が懸《か》かっていた以上、否《いな》を突き付けることもできなかった。が、それはそれとして魔族と呼ばれる彼らの暴虐《ぼうぎゃく》は、一般人であったアズサにとって目に余るでは足らないほどに残酷《ざんこく》なものだった。

どれだけ人間を殺《あや》めたか、どれだけ人間を惨《むご》たらしく制圧したかは魔族にとっては称号のようなものだ。

村々の死体がどう扱われていたかについては、言うまでもなく。

死体であったならまだ救いがあったほどに、アズサの目の前には凄惨《せいさん》な光景が多く突き付けられた。

それこそ、現代に帰ってきた今でも夢に見るくらいに。

『見ておられますか、魔王様。私は百二十三匹の人間を生きたまま繋《つな》ぎ合わせ鎖としました』

はるか天空に向けてそう叫ぶ魔族が、初めて遭遇《そうぐう》した喋《しゃべ》る魔族。

『私は人間は家畜と同じと示すべきだと思い、牛や豚と番《つが》わせ牧場を作っているまで』

何をしているのかと悲鳴をあげたアズサへの返答がそれだった、蛇のような魔族もいた。

『魔王様はね、邪魔な人間をどう始末したかで、あたしたちを評価してくれるの』

色っぽく頬《ほお》を染め、艶事《つやごと》を語るが如くの狐のような魔族の首を、感情のままに切り捨てたこともあった。

それぞれの魔族が語る背後には、必ず人間の尊厳と命を弄《もてあそ》ぶ光景が広がっていて、何度も何度も心に強い傷を負った。

「ゲーム感覚ですよ。どう人間を殺めるか」

思い出すと嫌な気分になる。努めてへらっと笑ってみせれば、森本もそれを汲《く》み取ってか、過去の話にはそれ以上触れなかった。

「ふむ……ルーツが同じなのかもしれないとすれば……」

森本は考え込んで、それから思いついたように顔を上げた。

「キミが異世界に送られたのは、向こうの人間の召喚……だったっけ？」

「それもそうなんですけど、正確には神ですね」

「神……」

アズサは異世界に送られる瞬間、己を神と自称する真っ白なヒトガタに出会っている。

その神曰《いわ》く。

「このままじゃ人間が弱すぎて面白くないからあたしを送る。そっちもゲーム感覚ですね」

あっけらかんと言ってみれば、森本は目を伏せた。

「……琴野くん」

「あーいや、もう終わったことなんで。帰ってこられましたし」

「……だとしても、大変だったね」

「……まあ」

森本の心配が、なぜか妙に心にささって。アズサは曖昧《あいまい》な顔のまま、頬の裏を舌で突《つつ》いた。

「神の存在は、神話というだけあってこの世界にも多く存在する。異世界に送ることができるというのなら、両方の世界に干渉できているということだ」

「！　確かに」

森本の知見に、アズサは得心した。

言われてみればその通りだ、神だけは双方の世界に干渉している。

「私も調べてみるよ」

「お願いします。次会ったら神ぶっ殺すので」

「単独行動はしないでよ。実動部隊が頑張る初動から、後始末の一般人の認識阻害《そがい》とかにまで迷惑かかるんだからね」

ぷにっとした腕で力こぶを作るアズサに、森本は呆《あき》れてそう言った。

†

校長室の扉を出たところで、思わぬ人物とエンカウントした。

「……琴野？」

「げ、吉祥院……」

身構えるアズサをよそに、征人は校長室とアズサを見比べる。

「……校長室になんの用だ？」

「まあ、ちょっと先生に聞きたいことがあって」

「聞きたいこと……？」

怪訝《けげん》そうな顔をしてから、征人は首を傾《かし》げる。

「アポイントもなしに、森本先生と？」

「え、うん」

天上天下唯我独尊《てんじょうてんげゆいがどくそん》に見える男から、森本先生なんて敬称が出てきたことに少し驚きつつアズサは頷《うなず》く。内心、確かにアポイントくらいとるべきだったと反省しつつ。

すると征人は怪訝そうな顔から一転、鋭く目を細めて。

「なるほど……やはり強者《きょうしゃ》ではあるわけだ」

そう、小さく頷いてから、征人は改めて言う。

「必ずお前を倒す」

その宣言を真正面から「受けて立つ！」と言えるほど、アズサは気乗りしていない。

誤魔化《ごまか》すように笑って、手を合わせてみる。

「もし、あたしが邪魔って言っちゃったのが癪《しゃく》だったなら謝るけど……」

「黙れ」

無理だとは思っていたが、そんなアズサの甘えは一刀両断。

背を向ける征人は、吐き捨てるように告げた。

「約束は守れ。俺は最強でなくてはならない」

アズサの返事も待たず、校長室の前を通って歩いていく征人。

その背中を見送って、アズサは思う。

「最強でなくてはならない、か」

どうしてだろう。名家だからか、才能があるからか。使命感か。

いずれにしても。

「単なる傲慢《ごうまん》とは違う気は、するんだけど」

今夜はどうなることやらと、アズサは小さくため息を吐いた。

# 6 ひとりで強いって、そんなにいいものじゃない

「なんでこんなことになっちゃったのかしらね」

夜の学校は静かだ。廊下《ろうか》に柔らかな絨毯《じゅうたん》が敷かれているせいで、足音もほとんどしない。

ただどうにも噂《うわさ》は広がっているようで、第三アリーナに向かうアズサのことを、すれ違う生徒たちがちらちらとうかがうように視線を向けていた。

人の数は第三アリーナに近くなればなるほど増えて、扉の前には十人近くの生徒がたむろしていた。

その中には同じクラスの顔も、そうでない顔も。ただ、アズサに声をかけようとする者はおらず、なんだか居《い》た堪《たま》れない気持ちになりながら、観音開《かんのんびら》きの重い扉を開く。

「……来たか」

と、開いたすぐ近くに征人《まさと》が待っていた。中には流石《さすが》に野次馬の類《たぐい》は居ない。

「約束だしね」

今日こそ昨日見そびれたアニメを見たかったが。

そんなことを言っても仕方がないので、肩をすくめて短く答える。すると、征人の視線はア

ズサの奥へと向いて。

「そいつらは？」

アズサが振り向くと、先ほどの野次馬たち。返答に困ったアズサは、征人にではなく彼らに向けて問いかける。

「えっと……見学希望？」

「邪魔だ。消えろ」

征人の一言で、彼らは蜘蛛《くも》の子を散らすように退散した。

体育館ほどの広さのアリーナに、ふたりだけ。

「……こう、作法《さほう》とか分かんないんだけど」

「別にそんなもの求めていない。好きな距離に立て。合図はコインで決める」

「なるほど、りょーかい」

バスケットコートのようなラインが引かれていて、ちょうど中央の円近くに征人は立っていた。特にこだわりもないので、対極の位置にアズサも立った。

「始める前になんだけど」

コインを弾こうとする征人の瞳は妙に鬼気迫っており、アズサはなんとなく口を開いた。

「なんだ」

「一個聞いていい？　あんたが強くなりたい理由」

「聞いてどうする」

「あんたの都合に付き合って戦うんだから、一個くらい聞いたっていいじゃない」

「……」

問いに対して、征人は僅《わず》かに渋面《じゅうめん》を作った。

この傲岸不遜《ごうがんふそん》な男なら、関係ないの一点張りで戦いを始めるかとも思ったが——意外にもアズサの言葉を一考してくれた様子で、煩《わずら》わしそうにアズサを睨《にら》んだ。

「誰にも負けない力を手にする必要がある。それだけだ」

「……それは、あんたひとりで？」

うっすらと、昨日の森本《もりもと》の言葉がアズサの脳裏《のうり》によぎった。

「そうだ」

それ以上を語るつもりはないようで、征人は押し黙る。

アズサも、話すのをやめた。征人のプライベートに、必要以上に踏み込むつもりもない。征人が強くなりたいと思って、アズサから糧《かて》を得ようとしている。今はそれだけだ。

「はあ、頑固ね」

「黙れ」

それだけ言って、征人はコインをアズサに突き付けるように前に出した。

そして、勢いよく弾く。くるくると宙を舞うコインが床に近づくにつれ、膨《ふく》れ上がる征人の魔力。アズサは少し身構えながら、落ちる行く先を見届けた。

ちゃりん。

音が鳴るその瞬間、征人の口が僅かに動いた。

「吉祥院《きっしょういん》征人が願う、牡牛《おうし》の雷装《らいそう》と御力《みちから》を」

爆発的な魔力の放出と共に征人の全身を纏《まと》う稲光《いなびかり》。

それがどれほどに優れた魔法なのかを知るすべは、アズサにはなかった。

だがアズサも、美しいとは思った。全方位に出力されたその魔力が、一切に無駄なく征人を包む鎧《よろい》となる、魔力の流れ、その軌道を。

ばち、と雷に乱れが生じた刹那《せつな》、アズサの眼前に征人。

光の速さを実現した征人の動きに、僅かに目を見開いたアズサは飛ぶ。

後方への跳躍はまるで、仕組まれていたワイヤーアクションのように素早くアズサを引き上げる。アズサの鼻先を掠《かす》めた雷電《らいでん》が、槌《つち》となって第三アリーナに叩きつけられた。

轟音《ごうおん》と衝撃がびりびりと耳を焼く。

「無詠唱《むえいしょう》の飛行――その程度は当然か」

蜘蛛の巣のように亀裂が入ったその中央。振りぬいた拳とは裏腹に、征人の瞳は次を見定め空を睨む。

空に佇《たたず》む少女に向かい、征人は空《あ》いた左手を翳《かざ》す。

同時に放たれる雷の奔流《ほんりゅう》は、昨夜のアズサを彷彿《ほうふつ》とさせる熱線。

アズサは半身を開くようにその一撃を紙一重《かみひとえ》で逃れた。

まだアズサから仕掛けてくる様子はない。

ならばとその間に振り下ろしていた右手を引き、左手に合わせてその熱線の出力を上げる。

より厚さを増した雷光から、アズサはすっと左にスライドして避ける。

だが、その余裕が命取りだ。

両手で放つ熱線を、振りぬくように一閃《いっせん》。

極太《ごくぶと》の雷光が、巨大な剣となってアズサ目掛けて振り下ろされる。

「そんなことできんの」

初めてアズサから驚きのリアクションを引き出した。

それに手応えを感じてしまったのが、一瞬の油断だったかもしれない。

アズサは指先でなぞるように小さな四角を作った。彼女が何を意図したのか分からないまま雷光をぶつけた瞬間、征人は第六感の警報に従って跳躍する。

「カウンターか!!」

「純魔力の攻撃なら、これが一番効率がいいのよ」

その四角で作られた薄い桃色の障壁にぶつかった瞬間、取って返すように雷光が反射して征人の居た場所に大穴を開ける。

「これ学校大丈夫よね……？」

「そのためのアリーナだ」

「そ、そう」

だから壊しても構わない、なのか、アリーナは復元するから、なのか分からず、アズサは冷や汗を一筋。

「その余裕、絶対に崩してやる」

「余裕ってわけじゃ……いや、そうね、そう思われても仕方ないか」

自分の心配よりアリーナの心配をしている時点で確かにそうかと、アズサも姿勢を改める。

「あたし、不殺《ころさず》前提の戦いしたことないんだけど」

「は？　なんのための保健室だ」

「あ、保健室そんな凄《すご》いのね」

魔法学校の保健室だと考えれば、確かに相応の設備なのかもしれないとアズサは納得する。

「……行くぞ」

跳躍したまま姿勢を整え、空を蹴《け》って弾丸のようにアズサ目掛けて征人が飛ぶ。

アズサは先ほどと同様にカウンターの障壁を作った。

「舐《な》めるな、二度同じ手は通用せん」

征人は雷を纏った拳を、障壁に叩きつける。一瞬も耐えることなくガラスのように叩き割れる障壁に、アズサは小さく頷《うなず》いた。

純魔力であれば弾かれる。だから物理も交える。正解だ。

「じゃあ」

アズサはそのまま、軽く手を払う。その軌跡に充填《じゅうてん》される魔力の輝きに、征人は心当たりがあった。昨夜に魔族を焼き切ったあのレーザーだ。

「ちょうどいい」

レーザーの破壊力は一度見た。だが征人は恐れることなく身構えて、

「吉祥院征人が願う、宝瓶《ほうへい》の渦《うず》と恩恵を」

雷の眩《まぶ》しさが消えたと同時。征人が振り払う水の奔流が、彼の手の動きに合わせ渦を巻く。

放たれたレーザーはその渦に呑《の》み込まれ、静寂の夜に露と消えた。

己の魔法が通用する手応えに、どうだと征人がアズサを見据えると。

「雷と水の同時展開はできるの？」

落ち着いた様子の問いに、征人は歯噛《はが》みした。それは――今はまだ、練習中だ。

「……いずれ」

「あと消えた魔力はどこに行くの？」

「なに？」

水の渦は、全てを呑み込む宝瓶の恵み。

呑み込まれた敵の魔力がどこに行くのかなど、考えたことはなかった。

だがその「なに？」を、アズサは「どういう質問だ」とだけ捉えたようで、あっけらかんと続けた。

「敵の魔法を取り込んで、別のところから撃てるなら厄介《やっかい》だなと思っただけ」

ふつふつと。征人の心に炎が灯る。

「……」

睨む征人の視線に、アズサはばつが悪そうに言い訳を付けた。

「そういう鬱陶《うっとう》しいのもいたのよ」

ふつふつと。この感情の名は、怒りだ。

「本気で、戦え」

睨み、捻《ひね》りだす。呻《うめ》きにも似た声を。

思えば先ほどの障壁も、アズサにとっては最適解ではなかったはずだ。

破られるのを分かっていて繰り出したとしか思えない。

まるで、こちらを指導でもするかのように。

「――舐めるな、俺は吉祥院家次期当主、吉祥院征人だ!!」

叫び、水の奔流をそのまま無造作《むぞうさ》にアズサに叩きつける。

純魔力でもって放たれたそれを、アズサは先ほどと同じカウンターで迎撃した。

弾かれ、征人目掛けて返ってくる激流。

征人が顔を上げれば――アズサの顔は、なんだ。

「本気で戦えって言ったって」

困ったような、それでいて寂しそうな。およそ戦いとは不釣り合いな表情に、さらに征人の怒りは加速した。

「舐め、るな……!!」

試したことはない。想像もしていない。この魔法にそんな効果があるのか、術者の征人とて知り得ない。

だが今、吉祥院征人は、徹頭徹尾《てっとうてつび》、敵とは見られていない。

それをまざまざと突き付けられた屈辱《くつじょく》は、この人生で一度たりとも、ない。

「――せめて厄介と、思え!!」

跳ね返ってきた激流を、もう一度己の渦で取り込んだ。

魔法の理論は誰よりも学んできた。机上《きじょう》の空論を今この場で組み立てる。

「この……!!」

取り込んだ魔力はすぐに霧散《むさん》するはず、そうなる前に魔力を感じろ、それを別の座標に――。

「あああああああああ！」

征人は空中に拳を叩きつけ、強引に取り込んだ魔力を操った。

――しかして。

征人が拳を叩きつけたその場所から、現れ出《い》ずる水の渦。

己が取り込んだ激流は、もう一度。

「は、あ！」

できた。――アズサの口にした、厄介な魔法。

取り込んだ激流は果たして、別の座標から同じ出力でアズサ目掛けて繰り出された。

「……」

その達成感と疲労感は、およそ尋常《じんじょう》のものではなかったが。

だからこそ、どうだと思うと同時に、単純なことを忘れていた。

「あんた本当に、頑張るのね」

琴野《ことの》アズサが作った単純な四角形が、征人の奔流を簡単に撃ち返した。

放って、弾かれて、取り込んで撃ち返して、それをまた跳ね返されて。

真剣勝負とは程遠い、琴野アズサとのキャッチボールは、そうして簡単に幕を下ろした。


「……ぐ」

吉祥院征人が目を覚ますと、高いアリーナの天井と、釣り鐘式の照明から明るい複数の光が飛び込んでくる。煩《わずら》わしさに顔をしかめて背けると、隣でぼーっと少女がアリーナを眺めていた。

「壊れても大丈夫っていうのが、アリーナの修復機能って意味で安心したわ」

そう口にするアズサの視線の先。あんなに壊れたアリーナが、何事もなかったかのように元通りになっていた。

「……」

「なんか言ってよ。気まずいじゃない」

困ったように腕を組むアズサの表情はむくれていた。

倒れたまま彼女を見上げた征人の心では、未だに怒りの炎が消えていない。

その出所はもちろん、この少女だ。今はただの、どこにでもいる女にしか見えない、同じ一年生。

戦いを思い起こせば、怒りの火もまた起こる。

だがそれがむなしいことだと、負けた今は悔《く》いるしかない。

一対一の戦いの最中だというのに、困ったような顔をして、敵を敵として見なかった先ほどのアズサが、頭から離れない。

苦し紛《まぎ》れに吐き出した言葉は、己の負けを受け入れる一言。それでいて、聞きたくもないことを聞かねばならない悔《くや》しさを孕《はら》んだもの。

「……俺では、本気で戦うに値しなかったか」

本気で戦えとそう言った。なのに返ってきたのはあの顔だ。

だからこその問いなのに、彼女はよく分かっていないように首を傾《かし》げた。

それがより、征人の怒りを煽《あお》る。

「お前は、終《つい》ぞ本気で戦わなかった」

「ああ……あれか」

ようやく思い至ったように、アズサは組んでいた腕を解いた。同時に、首を振る。

「誤解させたならごめんなさい。そうじゃなくて」

「どう違うと言うんだ」

「……あんたを殺したいとは、どうしたって思えないもの」

その一言は、随分《ずいぶん》と寂しげで。戦いの最中に見せた表情と見事に重なる。

だが、切なげな表情とは裏腹に、口にした言葉はあまりにも物騒で、怪訝《けげん》そうに征人は眉《まゆ》を寄せた。

「殺したい……」

「うん……。あたしにとって、本気の戦いは――」

遠くを見るように、アズサが言ったその時だった。

ぴり、とアズサの空気が変わる。

「……琴野？」

纏《まと》う雰囲気《ふんいき》が変わると、こうも違うのかと目を瞠《みは》りつつ。その原因が分からずに、征人は問いにならない問いを投げた。アズサは静謐《せいひつ》の中で、ただ瞳に殺意を滲《にじ》ませる。

「……魔族」

「なに？」

立ち上がるアズサはおよそ尋常の雰囲気ではない。

それに聞き捨てならない言葉も発した。魔族、それは魔法使いが魔法使いとして戦い続ける存在意義。

「おい、琴野」

がっと、足首を摑《つか》んだ。征人の手では摑んでなお指が余るほどの細い足首。

目の前の強大な魔法使いが、単なる少女であることを教えるその足首。

「離して、説明してる場合じゃなくて」

「どうやったか知らないが、魔族の気配を感知したのだろう」

そう口にして、征人はゆらりと立ち上がる。

「俺も行く」

「ちょ、ちょっと。あんた大丈夫なの？」

「回復力が俺の唯一の自慢だ」

ぱん、と足を払って。征人は軽く跳ねてみせる。その様子には確かに、疲労の色は見えない。

「……」

一瞬、アズサは悩んだ。

「選択権はお前にある。だから聞くにとどめておいてやる」

少し上から目線で。ただ、まっすぐにアズサを見据えて、征人は言った。

「俺は、邪魔か？」

昨夜の言葉を想起させるその物言いに、アズサは僅《わず》かに目を見開いて。

「……ひとりで行くなと、言われたばかりね」

緩く笑って、答えはせずにアズサは背を向けた。

征人はそのへんに転がしておいた鞄《かばん》から、スマートフォンを取り出す。

「――吉祥院征人、現場に先行する」

電話の相手が誰かなど、聞くまでもない。

アズサは少しだけ口角を上げて、何も言わずに出口を開いた。

†

「バカな……真級《しんきゅう》LEVEL4だと……？」

アズサの隣を飛びながら、征人は思わず口にした。

目的地である閑静《かんせい》な住宅街に近づけば、征人でも感知はできる。その膨大《ぼうだい》な魔の気配が、征人の知る魔族よりも強大な力を持っていることは、すぐに分かった。

「なにそれ」

「階級だ。昨日のが日々現れる魔族の中でも指折りだとすれば、このレベルは半年に一度もあれば大規模動員が予想される」

「……なるほど。でも来る？」

「お前が行く以上はな」

征人も分かり切っていた。感じ取っていた。

アズサの纏う空気が、語らずとも教えてくれている。

これが、彼女にとっての〝本気の戦い〟だということくらいは。

空を舞うことおおよそ数十秒。

その魔は、星空の夜に闇色の渦《うず》を巻いた中からゆらりと現れた。

閑静な住宅街に不釣り合いな、災害級の魔。

総毛立つようなおぞましい気配に、征人はぐっと拳を握りしめる。

昨夜同様、否《いな》それ以上の相手であることはそれだけで分かる。

だが征人の覚悟と集中は、隣から挫《くじ》かれた。

「琴野、どうした」

「……」

アズサの様子がおかしい。

魔族と向き合うことが彼女の言うところの本気の戦い――というのはそうだろう。

しかし人類を脅《おびや》かす魔の気配は、昨日も同じだったはずだ。

魔族の持つ気配に強弱の差こそあれ、差異はそれだけだとも言える。

だが、眼前に現れた化け物を見るアズサの目は、強く強く見開かれて。

そしてそれは、魔の方も同様だった。

『――あ？』

昨日の化け物よりも、人間に近い。

征人の身長ほどもある禍々《まがまが》しい片翼と鋭く捻《ね》じれた二本角《にほんづの》、生気を感じない錆《さ》びた鉄のような赤色の肌も人外のそれだが、その長身痩軀《そうく》はおよそ人間と相違ない。

しかしその魔族もまた、アズサを見て苦々しく表情を歪めた。

『出る場所間違ったか？　なぜテメエがここにいる』

知り合い、などということがあるのか？　と、困惑する征人をおいて。

アズサは震える唇を、きゅっと噛《か》み締めた。

「こっちの……台詞《せりふ》ね。でも、そっか。そうなのね」

納得するように、静かにアズサは目を伏せた。

「あんたは、殺したはずよ」

『ああ、死んだ。死んだだけだ。お前と何が違う』

「……」

こきこきと首を鳴らす魔族は、その余裕に反して瞳に膨大な殺意を宿している。

ふたりのやりとりは、征人には全く分からない。

だが因縁《いんねん》があることくらいは分かる。

「気を付けて。あの翼にだけは何があっても触れないで」

鬼気迫ったアズサの呟《つぶや》きに、征人はただ顎《あご》を引いた。

『今度はテメエが死ぬ番だ、アズサ』

「……」

『あとあれだ。……戦い方を知ってるのは、お互い様だと忘れるなよ』

ばっと片翼を広げた魔族に、アズサと征人は瞬時に身構える。

『今度こそ絶望しろ、勇者姫!!』

その咆哮《ほうこう》が、戦いの合図だった。

魔族が大きく羽ばたくと同時、その闇色の羽が無差別かつ全方位に放たれた。

「っ……!!　させない!!!!」

聞いたこともないアズサの絶叫に征人は思わず目を瞠る。

ばっとアズサが腕を払うと、最早《もはや》見慣れたレーザーが五本勢いよく放出される。

だが見慣れたのは放たれたその瞬間だけだった。

ぐん、とアズサが腕を振り下ろすと同時、レーザーが曲がる。

ぐるんぐるんと五本のレーザーがうねり曲がり、放たれた羽をさらうように呑《の》み込んでいく。

「ぐっ……!」

アズサが手の内を征人に隠していたわけでないことは、すぐに分かった。

彼女の表情がその技術の代償を物語る。

「なぜこちらに来ないものまで」

征人の疑問はそれだ。どうして無理をしてまで、こちらに影響のない羽まで防ぐのか。

「当たっちゃダメなの!!　絶対に!!!」

「っ」

瞳に滲む涙に、征人も状況の悪さを察する。よくは分からないが、彼女を泣かせるほどの何かがあの羽にはある。

強大な魔族ともなれば、実害は分からないが〝何か〟はあるのだろう。それは、三足烏《サンソクウ》に所属する征人とて理解していた。

が、そんな無理やりな理解をする必要も、どうやらなかったらしい。

羽ばたく魔族は楽し気に征人を見据えて言った。

『人間が触れれば、己を魔族と思い込む。それだけのことだ』

「！」

魔族の使う魔法は、形はどうあれ人間を弄《もてあそ》ぶようにできている。

それは征人とて知っていた。だからこそその、〝それだけのこと〟がもたらす被害に気付いた。加えて言うなら、アズサの涙の真意も。

――彼女はそれを、知っている。実感として。

『安心しろ。洗脳は一時だけのことだ。この羽の効果は、三匹以上人間を殺《あや》めれば解ける』

「……愚劣《ぐれつ》な！」

つまりはこういうことだろう。

羽に触れた人間は、目についた人間を魔族同様ゲームのように弄び、殺める。

そして正気に戻れば、目の前には自分が殺めた凄惨《せいさん》な骸《むくろ》が三つ以上転がっている。

手あたり次第に殺すとなれば……きっと殺めるのは近しい相手だ。

その地獄絵図を、こんな閑静な住宅街で引き起こすということは――。

『いい加減折れろ、アズサ。お前ひとりでは、オレ様たちのゲームは止められねえ』

「黙りなさい……もう二度と、あんなことを目の前で……！」

『羽に触れた人間は、洗脳が解けたあとみんな笑ってたじゃねえか。それがテメエの理想だろう？　ついでに我らが魔王様も喜んでいたんだ、最高の世界だと思わねえのか？』

その片翼を羽ばたかせるだけで、アズサのリソースはほとんどが持っていかれる。

だが魔族の方は片手間だ。

空《あ》いている両手で放つ魔弾は、まっすぐにアズサ目掛けて撃ち出される。

「吉祥院征人が願う、宝瓶の渦と恩恵を！」

征人の繰り出した水の渦が、放たれた魔弾を吸収する。

『あ？　なんかハエが居るな』

「ハエは貴様だろう、醜《みにく》い羽をぶんぶんと」

『ほお？』

苛立ちも露わに口角を吊り上げる片翼の魔族。

どうやら沸点は低いらしいと、征人は冷静に勘定《かんじょう》を進める。

魔族との戦いにおいて、まず魔法使いが学ぶのは相手の冷静さを欠かせることだ。

根本的に人間を見下している魔族を、いかに揺さぶるか。

そうでもしないと人間では魔族に敵《かな》わない証《あかし》でもあるが、人間だからこそ抗《あらが》える手段でもあるそれ。

感情が表に出やすいのは幸いか、それとも目の前に知己《ちき》らしいアズサが居るからか。

「一度琴野に負けたんだろう、大人しく死ね」

『……雑魚《ざこ》が!!!』

羽が烈風を纏《まと》って征人に殺到する。

それを征人が水の渦で呑み込むと、大きく舌打ちをしてもう一度翼をはためかせた。

当然、多くの羽が無差別に飛び散る。

「片翼……!!」

苦虫《にがむし》をかみつぶしたような顔で、アズサは片翼の魔族を睨《にら》み据える。

『はっ……テメエがオレ様に勝ったのは、他の人間が全部イカれてたからだ。選べよ、アズサ。この辺の人間か、オレ様を殺すか』

片翼の魔族が口にした、戦い方を知っているという台詞。

その意図を察して、征人は目を細める。

単純な話だ。この片翼は現状、人質を取っているからアズサを上回っている。

『もう一匹のハエも、魔力を呑み込むしかねえ便所と来た。オレ様はいつどこに行ってもいいってこった』

「っ……!」

片翼の魔族は高く高く飛びあがり、楽し気に口元を歪ませた。

征人の挑発も、片翼を倒す魔法がなければ意味がない。

どうする、と思案を巡らせ――征人はちらりとアズサに目をやった。

その瞳に滲《にじ》む怒りと殺意。本気の戦いという言葉の真意。

語られずとも察した。この女は、こういう戦いを何度も繰り返してきたのだと。

この状況で、全く心が折れていない。殺意で精神を支えている。

今度こそ絶望しろと、片翼は言った。

想像するにあまりある、片翼のもたらした地獄を見てなお、この女は折れなかった。

「はっ……」

気炎を混じらせ息を吐いた。

これまでの自分の努力がなんだ。

最強になると口にして、積み重ねてきたものは目の前の女より上等か？

「俺を使え、琴野」

小さく呟く。まっすぐに片翼の魔族を見据えて。

返事はない。だが、アズサが自分の言葉を聞いたと信じて、魔力を練《ね》る。

『先に邪魔なテメエから片付けてやる、身の程を知れハエ風情《ふぜい》が！』

放たれる魔弾の弾幕を、征人は冷静に渦《うず》で呑み込んでいく。

その瞬間、征人は気づいた。

一本、アズサが絶え間なく放って羽から街を守るレーザーが、ぐんと曲がって魔弾に混じる。

「――おいおい」

俺を使えと、確かに言った。

だがどうにもこの女は、使えるものはなんでも使い潰す気らしい。

それとも――邪魔ではないというのは、おためごかしでもなんでもなく、本当に仲間と思っているのか。

応えられるかは、征人次第だ。

『は、街ばっか見て誤射ときたか？　テメエはずっとひとりだったもんな、仕方ねえよ』

せせら笑う片翼に、笑いたければ笑っていろと征人は思う。

せいぜい、片翼の言う便所のように取り込んで。

座標は、高く高く飛んで、人間を下にしか見ていない魔族の――上。

「おおおおおおおおおお!!」

さっきは、手元にしか転移させられなかった。だが、一度成功したことだ。

吉祥院征人に、失敗は許されない。

『……あ？』

何が起きたのか分からず、ただ魔力に反応して片翼は呆《ほう》けたように空を仰《あお》ぐ。

「俺を便所と呼んだな、魔族。クソを上からぶちまけられる気分はどうだ？」

征人は身に余る魔力を強引に扱う苦痛に耐えながら、強気に笑ってみせた。

彼の表情が示すのは、魔法の成功。すなわち、魔族のさらに上空への、魔法転移の成功。

『テメ――』

触れるもの全てを薙《な》ぎ払う琴野アズサのレーザーが、勢いよく片翼を上から下まで貫いた。

『あ、があああああああああああああああ!!』

その断末魔《だんまつま》が、口汚い魔族を洗い流した。

†

「あ、が……はあ……クソ……」

あまりにも。あまりにもだ。

琴野アズサの莫大《ばくだい》な魔力を取り込み、さらに転移させるというのは、吉祥院征人の魔力を削《けず》りすぎた。

もう飛行もままならず、ゆらゆらと路地に舞い降りる。

時間にしてみれば、たった一分。

大規模な戦闘と言えど、魔法同士のぶつかり合いはそんなもの。

なのにこの体《てい》たらくはないと、翌日からの己の鍛錬をさらに追加することを誓った。

「……お疲れさま」

ひんやりとした感触が頰《ほお》に当てられて、目線だけで声の方を見れば缶ジュースをふたつ持ったアズサの姿。

「お前は、余裕そうだな」

「……そう見える？」

アズサはまた、困ったように笑った。この顔を、征人はよく見る気がした。

「……いや、お前も疲れたか」

「そうね……魔族との戦いは、今も命がけよ」

疲労が滲んでいることくらい、征人にも分かった。

征人が片手間の魔族と戦っている間、アズサは街を守っていたのだ。

その差が分からない征人ではない。

「相手は真級LEVEL4だ。学生ふたりで勝てた方がおかしい」

「……そうなんだ？」

「ああ」

真級LEVEL4と言えば、現れる度《たび》に多くの人間と、魔法使いを殺めてきた災害。

表向きには本当に〝災害〟として処理される規模の殺戮《さつりく》が巻き起こる。

それを凌《しの》げただけで、大したものだ……そう思えないのは、その真級と一対一で戦うことを当たり前のように思っている女が隣にいるからか。

「ひとつ聞いてもいいか」

缶ジュースのプルタブを開こうとして、その力も残っていないことに征人はため息をつきながら、隣に腰かけた少女に目をやった。コーンスープを飲んでいる。

「なに」

「……知り合いか？」

「……ま、気になるわよね」

肩をすくめてアズサは頷《うなず》く。

「そうね。一度戦ったわ。それこそ、本気で」

「そうか」

ふたりの間に、沈黙が舞い降りる。

「お前はひとりで戦っていたのか？」

「それじゃ質問ふたつじゃない」

アズサは疲れ切った顔で苦笑した。

「……強かったから。あたし」

「だろうな」

これでアズサが弱かったら困る。そんな風に思いながら、その辺にあった木の棒で、てこの原理でプルタブを開いた。魔法を使う気力などもう存在しない。

ちらりと隣のアズサを見ると、早くもコーンスープを飲み切って、奥底に残ったコーンと戦っていた。とんとん叩いて、コーンが落ちてきて、うまく舌でキャッチできずに喉《のど》に入ってむせていた。何をやっているんだ。

「ごめん、嘘。あたしは強かったわけじゃないわ」

「……」

「あたしね、その場所では死ななかったの」

「それは、どういう」

「正確には、死んでも甦《よみがえ》るっていうのかしらね」

「……お前」

アズサは強い。それは分かる。今の戦いも、その前の征人との戦いも。

圧倒的な強さには、努力に裏打ちされた魔力の量と戦闘技術があった。

戦い慣れていた。

だから、遠くを見てぽつぽつ語る彼女の瞳に、征人は思わず吸い込まれそうになった。

努力とか、経験とか。それを超えて、彼女は文字通り死んで覚えた。

ただの女子高生琴野アズサ。彼女には異世界に行くにあたり、恩恵なんてほとんどなかった。

死んでも生き返る。それだけが、異世界で琴野アズサに与えられた唯一のギフトだった。

「それで、お前はここまで」

「ん。……まあ、だから。あたしもこの際、あんたに気になってたことを言うとね」

初めて、征人にアズサの目が向いた。

その瞳にはただ、感謝と優しさだけがあって。

こんな物騒な話には不釣り合いだと、征人が思うよりも先に彼女は言った。

「ひとりで強くても、いいことなんて無かったわ」

「……」

初めて会った時、アズサは言った。

強いってそんなにいいもんじゃない、と。

征人は答えた。

それは強い人間が言って初めて価値を持つ言葉だと。

目の前の女は間違いなく強い人間であり、その言葉には価値があった。

加えて今となっては、強いというだけでは事足りないほどの価値が。

「俺は……強くなりたい」

その気持ちは今も変わっていない。否《いな》、これまでよりももっと強くなった。

そして、変化もあった。

「……もう、ひとりでなくとも良い」

「ん。あたしもそう思うわ」

アズサは小さく頷き、立ち上がる。

ふたりを魔法の光が照らした。おそらくは三足烏がやってきたのだろう。

「じゃあ、帰りましょっか」

「ああ」

ぐーっと伸びをするアズサは、先ほどの戦闘で受けた精神的な傷などまるで感じさせない。

やっぱり目の前の女を、本当に強いと思った。

自分も負けていられないと、奮起するように立ち上がる。鍛錬に次ぐ鍛錬に耐えうる、この体力だけが自分のギフトだと信じているから。

アズサと同じ。ひとつしかない才能。

負けるわけにはいかないと、そういう風に己の心を叱咤《しった》する。

そうだ、目の前の女はこれから先のライバルで。

「あ、吉祥院」

アズサが振り返る。

「……なんだ」

まるで買い物で忘れ物があったような気楽なテンションの彼女に、なぜだか少し気圧《けお》された。

だって彼女は次の瞬間、見たこともない表情になったから。

「ま、あんたが居てくれて良かったわ」

そう、花のように微笑《ほほえ》んだ。

この何よりも美しい花の名を、吉祥院征人は今日初めて知った。

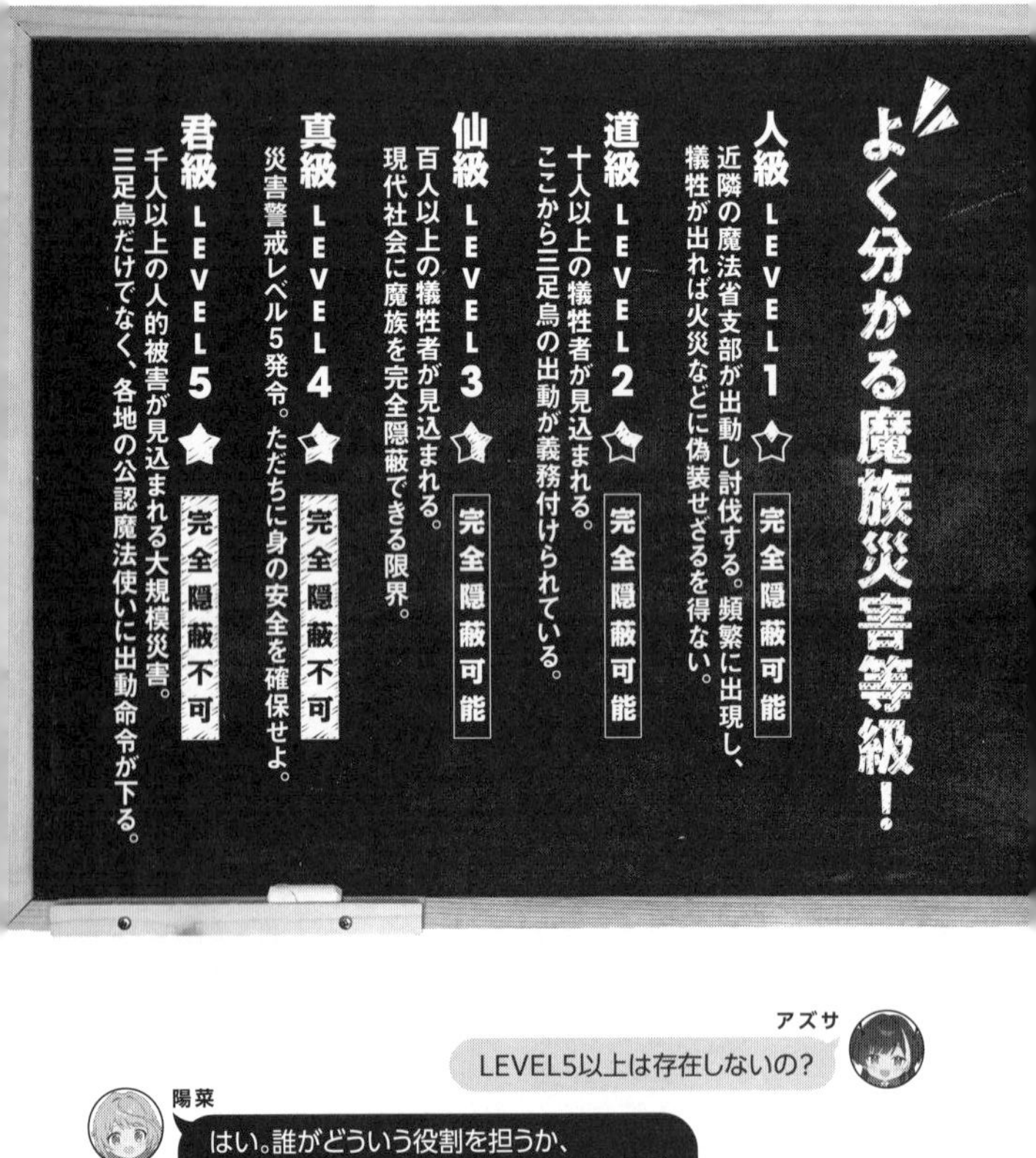
よく分かる魔族災害等級！
人級 LEVEL1
完全隠蔽可能
近隣の魔法省支部が出動し討伐する。頻繁に出現し、
犠牲が出れば火災などに偽装せざるを得ない。
道級 LEVEL2
完全隠蔽可能
十人以上の犠牲者が見込まれる。
ここから三足烏の出動が義務付けられている。
仙級 LEVEL3
完全隠蔽可能
百人以上の犠牲者が見込まれる。
現代社会に魔族を完全隠蔽できる限界。
真級 LEVEL4
完全隠蔽不可
災害警戒レベル5発令。ただちに身の安全を確保せよ。
君級 LEVEL5
完全隠蔽不可
千人以上の人的被害が見込まれる大規模災害。
三足烏だけでなく、各地の公認魔法使いに出動命令が下る。

アズサ
LEVEL5以上は存在しないの？

陽菜
はい。誰がどういう役割を担うか、
という指標ですので。もはやここまでくると
等級分けに意味はありませんわ

アズサ
ヤバいやつは青天井でヤバいものね……

陽菜
？　詳しいですわね。その通りですわ

アズサ
あーいや、あはは……

# 7 楽しい学園生活

「は〜〜〜〜〜〜〜〜〜〜〜〜〜〜〜!?」

始まりは陽菜《ひな》の絶叫である。

眼前には口角をひくつかせ、どうしてこうなったとばかりに表情を歪めるアズサ。

ざわめくクラスメイトたち。

そして、隣のクラスにもかかわらず、我がもの顔で腕を組む、征人《まさと》。

「き、聞こえませんでしたわ。よく、聞こえませんでした。空耳だと言ってくださいまし。今なんとおっしゃいましたか？」

「お前には話していない」

「知ってますわそんなこと!!!」

ぎゃーぎゃー騒ぐ陽菜を無視して、征人は改めてアズサに向き直る。

アズサはアズサで、その真摯《しんし》な瞳を受け取ってなお、表情は変わらない。

「ごめん、えっと？」

「二度も言わせるな」

ふん、と征人は鼻を鳴らし、なんでもないことのように告げた。

「俺の嫁に来い、アズサ」

やはり二度聞いても変わらなかった。

静まり返るクラス内に、次の瞬間響き渡る陽菜の威嚇《いかく》。

「ふしゃー!!!」

「どうどう」

慌てて陽菜を後ろから抱き留めるアズサだった。そうでもしないと猫が征人にとびかかって返り討《う》ちに遭《あ》う未来しか見えなかった。

「あー、あたしのこと好きなの?」

「ああ。誰よりも美しい」

「うーん正面からノータイムで肯定されると流石《さすが》に照れるわね」

「て、照れ!? アズサさん、お気を確かに!」

がっくんがっくん揺らされた。

でも仕方がない、好意を向けられることに、琴野《ことの》アズサは根本的に慣れていない。

「今すぐにというわけではない。卒業後でも十分余裕はある」

「そゆこと聞いてるんじゃないのよあたしは」

ぽりぽりとアズサは頬《ほお》を掻《か》いた。

すると征人も頷《うなず》いて。

「惚《ほ》れた女ひとり落とせない俺ではない。これもまた、選択権はお前にある。お前が俺と添い遂《と》げることを決めてくれたら、そう言ってくれ」

「え、あ、はい……」

言うだけ言って満足したのか、征人は見たこともない優しい笑みをアズサにだけ残して、すたすたと去っていった。

「あ、ぐ、が」

深窓《しんそう》のお嬢様が、隣で出してはいけない音を奏でていた。

「はっ。お、お塩ですわ！　お塩をまかないと！　それ、それ、それ！」

「なんで持ってんのよ」

どこから出したのか、陽菜が教室を塩まみれにしていた。

すぐに魔法製のルンバがやってきて掃除《そうじ》して去っていく。

「あああああ待って、待ってくださいまし、効果が出るまではあああああ」

お嬢様はルンバを追いかけていった。

取り残されたアズサは、周囲を見渡してから、変わらない苦笑いで呟《つぶや》くしかなかった。

「……賑《にぎ》やかな学校生活になりそうね」

楽しくないと言えば、嘘になった。

†

「いや、だからね!?　ふたりならOKじゃないんだよ!!」

ペンギンは激怒した。

かの浮かれポンチ勇者姫をどうにかせねばならんと強く誓った。

「はい……ごめんなさい」

さしもの浮かれポンチも、素直にぺこりと頭を下げた。

「しかも昨日は真級《しんきゅう》LEVEL4って……キミ、ねえ……」

嘆息《たんそく》した森本《もりもと》が、首を振る。

「分かってる？　文字通りの災害だよ？　現代日本で震災とか、大規模火災とか、そういう形でしか処理できないレベルの魔族なんだよ？」

そう言っても、アズサは微動だにしない。森本は頭を下げたままのアズサを一瞥《いちべつ》した。

「……やっぱり、居ても立ってもいられない？」

「……はい」

「そっか。色々見てきたんだったね」

「はい」

この世界にも、魔族が出現する。それを知り、感知してしまった以上。

琴野アズサには、我慢して無視を決め込むことはできなかった。

「……よし、分かった」

諦めたように、森本はぺちんと手を打つ。

「ＬＩＮＥ交換しとこっか」

「えっ」

アズサが顔を上げると、たしたしと器用に羽でスマホをいじる森本の姿。

「ＱＲでいい？」

「あ、はい……」

おずおずとアズサもスマホを取り出して、ぴろんと交換。

「本当はあんまり私が直接連絡とかしない方がいいから、基本これも内緒ね」

「分かりました。で、えっと……連絡すればいいんですか？　魔族が出た時に」

「うん、そうして」

よろしく、というデフォルメされたペンギンのスタンプが送られてきて、シュールだなあと少し目を細めるアズサ。校長のアイコンは学校の校章だった。

「さて……それで、だ」

スマホをデスクに放り投げた森本は、改めてアズサに向き直る。

「私からひとつ話がある」

「あ、あたしからもあります。あとでいいので」

小さく手を上げるアズサに、森本もこくりと頷く。

「ふむ……じゃあ。昨日調べて分かったことを話そう。結論から言うと、神々と異世界の繋《つな》がりを、これと断定することはできなかった。まあ、そりゃそうだよね」

「そうですね、そんな簡単に見つかるなら誰かが知ってるはず」

「……だが、キミから得た情報とすり合わせて、仮説を立てることはできた」

森本はまっすぐアズサを見据えた。

「キミが言うところの〝魔王〟という、魔族たちの頂点。あれは、神々の一角なのではないかと……ね」

魔族たちは、魔王を喜ばせるために人間を殺すゲームに興じていた。

それをアズサはよく知っている。それと同時に、魔王は異世界でアズサが最後に討ち果たした魔族でもあった。

「どうしてそう思ったんですか？」

「これはそもそも、魔法の話でもあるんだが。魔法というのは解釈次第でいかようにも広げられるものでね。古来より伝承が広まったのと同じで、これはAで、Bでもあると考えることで、魔法というのは広がってきた」

森本は語る。

「神というのは元来、我が儘《わがまま》で自分勝手なものとして描かれる。人々が苦しむ災害も、それぞれ神の行いであると解釈されてきた」

「……はい」

「であるなら、魔族という災害もまた、引き起こす神がいてもおかしくない」

「……そっか。こっちでは魔族は災害として扱われているんでしたね」

異世界では、そういう生き物として考えられていた。だが、こちらでは突如現れる災害だ。

「だとするなら、魔王と神々は繋がっている……？」

「異世界とこの世界が直接繋がっているかはともかく、魔王という存在についてはそうじゃないかなと……私は思うわけだ」

「なるほど……考えたこともありませんでした」

「まだ憶測の域を出ないし、だからなんだってところ止まりだけど。もしそうなら、我々の敵は魔という災害ではなく、神々だということになる」

「……」

唇にそっと指をあてて、アズサは思案した。

「……もしそうなら、あたしの話とも関わりがあるんですけど」

「ん、キミの話を聞こうか」

「昨日の魔族……あたしが異世界で殺したはずの魔族でした」

ぴたりと、森本の動きが固まった。すっと目線だけがアズサに向く。

「……………そんなことが？」

「やっぱりこの世界と異世界は繋がっている。あたしにとってはそれが確信になった感じです」

「……ふー」

森本は大きく嘆息して、眉間《みけん》を揉《も》んだ。こういう仕草は確かに歳《とし》を感じさせる。

「先生。あたしは正直、うんざりするくらい魔族を見てきました。先生の方が見てるかもしれませんけど……あたしもそれなりに。もしも連中が他にもこの世界に来るというのなら、予想される被害は……ちょっと、考えたくないくらいです」

「……そうだろうね。そうなんだろうね」

「それに……あたしが魔法の世界を知らなかった頃、ニュースで知った大きな災害とかも、魔族の仕業《しわざ》なんですよね？」

「多くが、そうだね」

異世界とこの世界が繋がっていることは、もうはっきりした。

それが神々によるものなのか、神々はそれを利用しているだけなのか、そこは定かではないにせよ、だ。止まれない理由は、ある。

森本はふっきれたような表情で、アズサに向き直った。

「琴野くん」

「はい」

「三足烏《サンソクウ》、入っちゃおう。私が推薦《すいせん》を出す」

「！」

それが征人の入っている、あの特殊部隊であることはアズサももう分かっていた。

「少なくとも現場の人間はキミの強さを見ているはずだ。だから、大丈夫」

「魔法に関してはどうします？」

「黄龍《こうりゅう》に入れるくらいの特殊な魔法を使える、というところに留めておけば。できれば……」

と、ちらっと森本はアズサを見る。こてんと首を傾《かし》げる彼女に、森本は言う。

「この世界の魔法のほとんどは、詠唱《えいしょう》が不可欠だ。聞いたことは？」

「あ、はい。授業でもやってましたし、陽菜《ひな》とか吉祥院《きつしょういん》のノリは知ってます」

「ノリっていうか祝詞《のりと》なんだけど……」

まず己の名前。そして願う魔法を呼び出す。それが、魔法のプロセスだ。

「え、で、だからなんですか？」

「キミの魔法もなんか適当に詠唱考えておいてもらえる？」

「え」

「こう、キミの魔法のそれっぽい詠唱だよ。難しくはないと思うけど」

「ええ……？　あの、先生それ分かってて言ってます？」

「なにをだい？」

自分で自分の魔法に合った詠唱を作る。

「それっていわゆる黒歴史ってやつじゃ」

「バカなこと言ってないで頑張って。このくらいは譲歩《じょうほ》してよ」

「そんなあ」

森本の言うことはアズサにも分かる。この世界に馴染《なじ》むために必要だということも分かる。

でも、ねえ？

「あー……はい、考えておきます」

「魔法省《まほうしょう》には話をしておく。だからそれまでにお願いね」

「……はい」

しおれた花のように項垂《うなだ》れて返事をするアズサに、森本はほんの僅《わず》かに笑みを見せて。

「頼りにしているよ。私が会った中でも、キミは指折りの魔法使いだ」

そう、強い信頼を向けた。

†

「え、落第!?」

指折りの魔法使い、落単《らくたん》の危機。

「貴女《あなた》の成績だと、このままでは厳しいだろう」

モノクルを掛けた、現代魔法基礎の教師が溜め息交じりにそう言った。

「このままいって、定期考査で赤点を三つ以上取ったら退学になる。貴女の実技では、とてもではないが実技点はあげられない。花も咲かせられないようではな……」

「ひぇ。も、もうそんな話が」

「最初の定期考査……中間試験は再来週だ。むしろなぜそんなに悠長《ゆうちょう》にしている」

「さらいしゅう」

「実技点と筆記点。合わせて１００点中30点を下回ると赤点になる。筆記に自信は？」

「ないです……」

「はあ……いや、頑張ってくれたまえ」

職員室に呼び出されたのは、森本と話したすぐあとのこと。

魔族のことがありこそすれ、せっかく楽しさを感じ始めた学園生活と退学なんて形でお別れはしたくない。

そもそもダブってる。

教室への帰り道の廊下《ろうか》をとぼとぼ歩きながら、アズサは独《ひと》り言《ご》ちる。

「花を咲かせる魔法なんて、そんな可愛《かわい》いものできないわよ……魔法を繰り出す魔力の手順を示せ……？　そんなの、えいっ☆　で良いじゃない……」

陽菜をはじめとしたクラスメイトの可愛らしい花の魔法や、アニメで見た魔法少女たちのかっこよくも可愛い攻撃魔法を思い浮かべて、憂鬱《ゆううつ》な気分になった。

「いいなあ、現代魔法。ぶち壊してやろうかしら」

「あら、アズサさん」

「あ、シナヒナ」

「はい、シナヒナですわっ」

廊下でばったり。ハンカチで手を拭いているところを見ると、お手洗いの帰りだろうか。

穏やかで大人しい深窓《しんそう》の令嬢が、アズサに寄り添って微笑《ほほえ》む。

「どうしましたの？　なんだか気分が優れないようですが……吉祥院ですの？」

発想は狂犬だった。

「あいつあたしにそんな気分害することしてこなさそう……」

「そんなことはありませんわ。きっと籍を入れた瞬間殴《なぐ》る蹴《け》る……」

「あんたのイメージもどうなってんのよ」

あと籍を入れる予定もない。

「やー、まあ、シナヒナに隠す理由もないから言うけど、ざっくり落単の危機」

「らく……たん？　なにに落ち込んでいるんですの？」

「あ、縁がない言葉過ぎて伝わってないわこれ」

落胆《らくたん》ではなく単位を落とす方である。

「要は成績が悪くて退学しそうって話なのよ」

「!!」

赤点三つ以下という条件は、アズサにとっては全く簡単ではなかった。

魔法授業だけでも危ういというのに、何なら他の一般教養も全然赤点の危機だ。

「そ、そんな……わたくしは嫌ですわ！」

「あたしだって嫌だけども」

ひし、とアズサに抱き着く陽菜であった。

愛されてるなあ、とぼんやり思うアズサ。気持ちは有り難く思いつつも、だからといって陽菜が頑張ってどうこうなる問題ではない。これはアズサ自身の学力と現代魔法適性の話だ。

森本のところに取って返して助けを求めるか、と考えたところで、アズサの胸に顔を埋めていた陽菜ががばっと顔を上げた。

「わたくしが」

「え、なに？」

「わたくしがアズサさんにお勉強を教えます！」

それは願ってもない話だけれど。

「そうと決まったら善は急げですわ！」

「あ、ちょ、シナヒナ」

そのまま陽菜はアズサの腕を取って、ぐいぐい引っ張り始めた。

されるがままになりながら、どうか陽菜の想いが実を結んでくれますようにと他人事《ひとごと》のように思うアズサだった。

現代魔法をいくら教わっても、できるかどうかは別なわけで。

†

——大図書館。

教室棟や訓練棟と同様、図書館ひとつで独立した棟を持つ、およそ学校規模とは思えない巨大な図書館だ。中等部高等部が同じキャンパスにあるとはいえ、大学でもないのにここまで大きな学校図書館が存在することが、東京魔導訓練校《とうきょうまどうくんれんこう》がただの学校でないことを示している。

アズサ自身も何度か足を運んだことがあるこの場所だが、自習スペースにやってくるのは初めてのことだった。

「随分《ずいぶん》おしゃれなところねえ」

感嘆《かんたん》するアズサに振り返り、陽菜はなんでもないように答える。

「居心地は悪くありませんから、どうぞご安心を」

「うーん、この程度当たり前なお嬢様……」

「？」

きょとんと首を傾げる陽菜から視線を外して周囲を見れば、やはり図書館のイメージとは全く異なる風景が広がっていた。

天井はおよそ五階ほどの高さまでぶち抜きで、現代的なデザインの巨大なシャンデリアが釣り下がっている。壁は全面ガラス張りで、気持ちの良い日光が注いでいる。

外に植えられた大きな街路樹が上手《じょうず》に庇《ひさし》を作り、自習スペース全体に心地の良い木漏れ日《こもれび》を提供していた。

全く眩《まぶ》しく感じないのは、魔法によるものなのかなんなのか。

どこまでが魔法技術で、どこまでが建築技術なのか、アズサには判別がつかなかった。

「空《あ》いているところで始めましょうか」

にこにことご機嫌な陽菜は、たくさん並べられているラウンドテーブルの一つに抱きかかえていた本を置く。

アズサたち以外にもこのスペースの利用者は結構いるようで、ざっと四十はある同じテーブルは半分以上が埋まっている。

「勉強に活気があって良いことね」

本棚《ほんだな》のスペースに近い位置にはひとり用の勉学スペースも設けられており、そちらもそこそこ埋まって、皆が皆黙々と勉強に向き合っていた。

「ではまず、これから始めましょう」

ラウンドテーブルの対面に座ると遠いからと、隣同士に腰かけて、広げた本のタイトルは、『まほうってなあに?』である。

「……シナヒナ?」

「?　どうかしましたの?」

「いや……まあ、いいけど」

あたし、そのレベルか……？　と悲しみを抱きつつ。

ページをめくると、なにやらファンタジーめいた可愛らしいイラスト付きで、魔法の成り立ちについて示してあった。

「へえ……ふうん。……あ、そうなんだ」

屈辱《くつじょく》はさておき、読んでみるときちんと勉強になった。

一度でも陽菜を疑った己を恥じつつ、こんな本に書かれていることすら知らない己を恥じつつ、進めていく。

「体内にある魔力だけで魔法を出しているわけじゃないのね」

「はい。空気中の魔素と自分の魔力を溶け合わせることで、上手に魔法が発動しますわ。自分の魔力だけで何かを為し得ようとしても意味はありません。自然と想いを通わせることが、魔法を使うための肝《きも》になりますの」

なるほど、とアズサはひとり納得した。

「じゃあ詠唱《えいしょう》で願っているのは、自然に対してということなのね」

「はい。そうなりますわね」

不死川《しなずがわ》陽菜が願います――という彼女の詠唱にはそんな意味があったのだと、アズサは納得。

「今ならあたしにもできるかしら」

「やってみましょう。きっと素敵な花びらが舞ってくれますわ。アズサさんの優しい心が具現化したような、美しい花が。アズサさんの花……どんなものか楽しみですわ」

「あんまりハードル上げないでほしいわね……」

期待に目を輝かせる陽菜の隣で、苦笑いしながらアズサは手を開いた。

「琴野アズサが願います、咲き誇る優しき同胞《どうほう》を」

己の魔力と自然を溶け合わせるように目を閉じて心を通わせ優しい声でそう詠唱を紡いだ結果マジでなんも出なかった。

「ですよねー！」

「そんな！」

知ってた。

ハナから森本の水晶で反応しなかったのだ、こんな小手先でうまくいくはずもない。

「まあでも、座学の方でどうにか単位を掬《すく》えれば良いわね……」

「そ、そうですわ！　ひとつひとつ積み上げていきましょう！」

「ありがとうね……見捨てないでくれて……」

アズサの自己肯定感が底辺を割っていた。

「アズサさんの気持ちを上向きにしないと……！　えっと、他の座学からいかがでしょう？

一般教養についても、教えられることがあればと！」

ぱたぱたと両手を動かす姿はさながら白い小鳥のよう。

「そう、ね」

確かに一般教養も赤点の可能性は拭《ぬぐ》えない。

「じゃあ、教えてもらおうかしら」

「もちろんですわ！」

ふんすと力強く頷《うなず》く陽菜。

隣で気合を入れる彼女に笑いかけて、アズサもシャーペンを握った。

陽菜はささっと検索用コンソールの方へと向かい、数学Iの教科書を取り寄せてとてとてと戻ってくる。

彼女の足取りに、アズサは少し口元を緩めた。

「あら、何かいいことがありましたか？」

「いや、なんか。学校の教科書持ってるあんたを見てるとこう、ね」

「？」

小学校の頃は、陽菜を見ることはあってもまともに話すことはあまりなかった。

自分とは違う世界の人間だと思っていたし、実際文字通り魔法世界の住人であったわけだが。

そんな彼女とまた同じ学《まな》び舎《や》にいる実感が今更になって湧いてきたのだ。

「変なアズサさんですわね。一日中抱えてましょうか？」

「そこを求めてるわけじゃないから大丈夫よ……」

苦笑いをひとつ。

「よし、頑張りましょうか。あたしもこの生活を手放したくはないわ」

「当然ですわ！」

†

いざ向き合ってみれば、存外勉強も楽しいもので。

それはふたりだったからか、それとも現代に帰ってきた実感か、両方か。別にわざわざ判別する必要もないかと、アズサは思った。

右手の側面に付着した黒鉛《こくえん》を軽くこすりながら、一息。

ノートを見れば、随分進めたものだと思う。

からんとペンをテーブルの木目に転がして顔を上げれば、もう日は暮れていた。

シャンデリアがこうこうと照らす図書館内は、昼間とは別種の穏やかな雰囲気《ふんいき》を演出していて悪くない。自主勉に励《はげ》む人数が昼とそう変わっていないことからも、この場所の居心地の良さが窺《うかが》えた。

「なるほど、ようやくこの関数っていうのが何がしたい作業なのか分かったわ」

充実感に心地良い疲労。穏やかに笑って隣を見て、アズサは首を傾《かし》げた。

「シナヒナ？」

なんだか妙に疲れているように見えた。

「ふう……ふう……いえ、どうにかなって何よりですわ……」

「えっと……あたし、なんかやらかした？」

色々聞いて、陽菜が答えてくれて。その繰り返しでここまでやってきた。思ったより負担をかけてしまったかと、そんな思いが去来する。

とはいえ、けっこう自分も頑張ったと——

「あ、いえ、その、ここからですわ！　ここからが中学二年の範囲ですから、頑張りましょうね！」

「……へ？」

中二？

「はい……！」

にこにこと拳を握って応援してくれる陽菜は、悲しいかな疲れが隠しきれていない。

なるほど、自分は中学一年生の範囲に数時間陽菜を付き合わせたのかと納得する。

なにが達成感か。よーし！

「死のう！」

「アズサさん!?」

「これだけやれば明日からついていけると思ってたわ！　殴《なぐ》りなさい！」

「殴りませんが!?」

やけっぱちになるしかないアズサである。

珍しく羞恥《しゅうち》に頬《ほお》が赤くなるのは、仕方のないことだ。だってさっきまですっごく勉強したし学校も悪くないとかなんとか偉そうなことを、中学一年のテキストやりながら考えていたのだもの、十六歳にもなって！

「だ、大丈夫ですわ！　こんなに真摯《しんし》に向き合っているんですもの、きっとすぐに追いつけるはず！　がんばれアズサさん！　がんばれがんばれっ」

「やめろ！　羞恥で死ぬ!!」

こんなに献身的に尽くしてくれる少女に、疲れさせたばかりかさらに気を遣わせ、健気《けなげ》に応援までされたらもう逆に死にたくなる。

大丈夫、どうせ死んでも甦《よみがえ》る。

「え、ど、どうしたら……！」

おろおろする陽菜であった。

と、そんな風にじたばたしていれば、当然周囲の目も向くわけで。

「なんだあいつら」

「中一の範囲がどうとか」

「え、あの地雷っぽい女マジで地雷じゃん」

「いや黄龍だしなんかのギャグだろ」

「そりゃそうか。静かにしろよ」

もういっそ、普通に蔑《さげす》まれた方がマシであった。

黄龍というクラスのブランドがアズサをぐさぐさと背後から刺してくる。

なるほどどうやら黄龍とは一般教養の範囲もエリートの集まりとして思われているようだと、

アズサは他人事《ひとごと》のように把握《はあく》した。

騒いでしまった自覚はある。羞恥に火照《ほて》る頬の熱を発散することをぐっとこらえて、静かに席に着こうとしたその時だった。

「——なんの騒ぎだ」

さらなる火種のエントリーである。

「げ、吉祥院さん」

「ほお、不死川家の挨拶《あいさつ》は変わっているな。俺も真似《まね》した方がいいか？」

「ぬぐぐ、なんの用ですの！」

すっと現れた大物に、周囲の視線がさらに強まる。

そんな大物は彼らには一切目を向けず、未だに顔の赤いアズサに目をやった。

「あんたもその、図書館に用事？」

ふんすと腕組みして警戒の構え。

「用事も何も、俺はさっきまでそこに居た」

征人が指さす先は一人用の自習スペース。普通に勉強していたらしい。

こういうところストイックで真面目《まじめ》だなあ、とアズサは眉《まゆ》を下げる。

「騒がしくて来ただけだ。お前の声がしたからな」

「ごめんなさい」

普通に申し訳ない案件だった。しゅんとするアズサの横で、陽菜は腰に手を当てて唇を尖らせた。

「話は終わりですわ。さあ、お勉強頑張ってくださいまし」

「ふむ」

明確な陽菜の帰れオーラを無視して、征人はアズサたちのテーブルを一瞥《いちべつ》する。

燦然《さんぜん》と輝く中一の教科書。

「……ふむ？」

「なによ。あたしが勉強してたのよ」

語気の割にしおらしいアズサである。とてもではないが訝《いぶか》し気な征人を直視することなどできず、目を逸《そ》らす。

しばらく悩んだ末に、征人は言った。

「アズサ。お前はその……バカなのか？」

「おい！！！！　ライン越えだろ！！！！！」

「なんて失礼な人なんでしょう！　お引き取りくださいまし！」

キレるアズサと、ついにオーラだけじゃなく口でも帰れと言った陽菜である。

驚く征人に、アズサは開き直った。

「そーよあたしはバカなのよ！　幻滅した!?」

そう言うとなぜか陽菜がはっとした顔で。

「そうですわ！　バカなアズサさんに幻滅なさい！」

「おいなんで背中から撃った？」

「はっ。こ、これはその。幻滅すれば上々だなと思ったわけではないのですが」

「思ってるじゃないの」

「はい……思ってました……」

捨てられた子犬のように縮こまる陽菜をおいて、征人は呆《あき》れたように溜め息を一つ。

「幻滅などするものか。たかだか勉学のひとつやふたつ、これから向き合えばなんの問題もない」

「そ、そう」

「それにお前を賢いと思ったことは別にない」

「あんたの言い方もどうなのよ！」

思わずツッコミを入れつつも、正面からバカバカ言われて良かったのかもしれない。居《い》た堪《たま》れない気持ちはどこへやら、あたしはバカだと開き直れば、気分はすっきり。

羞恥の感情もどこへやら、アズサもようやく平常運転に舞い戻る。

「ちょっとあたしもここまで自分がバカだと思ってなかっただけよ。陽菜には迷惑をかけたけどね」

「迷惑だなんてそんな。わたくしはちゃんとアズサさんを導くことができて嬉しかったですわ」

「いや……めちゃめちゃ疲れてたから……」

「うぐ」

疲労を隠せなかったのは己の落ち度、とばかりに凹《へこ》む陽菜であった。

そんなふたりを眺めて、征人は言った。

「なら俺が手ずから教えてやろう」

「は？？？？？　不要ですわ？？？？？」

あー、また始まったー、とアズサは早くも遠い目である。

仲が良いんだか悪いんだか、と苦笑い。ただ少なくとも、最初に見たふたりよりは圧倒的にこちらの方がいいか、とアズサはだんまりを決め込もうとした。

「俺は学年一位だが」

「それなら皆さまに平等にお教えしたらどうですの？」

「自ら努力せぬ者に何故施《ほどこ》さねばならない」

「じゃあアズサさんはそんなに努力しませんわ」

「シナヒナ!?」

だんまれなかった。

「あ、いえ、これもその、違くて！　ああもう、せっかくのアズサさんとの時間が台無しです、どうしてくれるんですの！」

がるるる、と征人を睨《にら》む陽菜。

そんな陽菜を、征人は上から下まで見据えてから、少し感心したように目じりを下げた。

「不死川」

「なんですの！」

「お前、変わったな」

「は？？？　今どうしてわたくしの話に？？？」

「少なくとも、俺にぎゃーぎゃー噛《か》みついてくるような女ではなかった」

「守るものがあれば当然ですわ！」

陽菜は何やら誇らしげに、ばっとアズサの前で両手を広げた。

台詞《せりふ》はかっこいいんだけどなあ、とアズサは思った。

「そうか。守るものがあれば当然……ふっ」

「だからなんなんですの。言いたいことがあるならはっきり言いなさいな」

ふんす、と腰に手を当てた陽菜は、征人の雰囲気《ふんいき》が少し落ち着いたことにも気付いたようで。

違和感への困惑を瞳に宿しつつも威嚇《いかく》の姿勢をやめない陽菜から、征人は背を向けた。

「アズサ。また今度」

「え、あ、うん……？」

困惑はもちろん、陽菜だけのものではなく。あっさりひいた征人に首を傾《かし》げるアズサだが、
征人はふたりには見せずに笑みを浮かべて言った。

「――そいつのあだ名は白人形《しろにんぎょう》、だった」

それだけ言って、悠々《ゆうゆう》と去っていく背中。

「なっ、人の気にしてることを！」

そう額に青筋を浮かべる陽菜の横で、アズサはなるほどと一つ頷《うなず》いた。

白というのは彼女の見た目の話だろう、では人形とは……先の陽菜と征人のやりとりを見るに察することができる。

おそらく、あまり自分の意見も感情も見せない少女だったのだろう。

元許嫁《いいなずけ》という話だし、ふたりの間に色々あったことくらいは想像の範疇《はんちゅう》だ。

「嬉しかったんじゃない？」

「は？　何がですの？」

ストイックな征人のことだ。己を高めることを人生の全てとしてきた征人にとっては、並ぶ強者《きょうしゃ》の存在は多いに越したことはないのかもしれない。

アズサを美しいと、そう評したことも含めて。

「さて……シナヒナ」

「は、はい。ようやくお邪魔虫がいなくなりましたわ、ね……？　あれ、どうしましたの、アズサさん。そんな怖い顔を」

「バカで努力もそんなにできないあたしだけど、宜《よろ》しくね？」

「あ、あれは言葉の綾《あや》というもので――！」

おめめぐるぐるな陽菜が慌てたところで、いくらなんでも騒ぎすぎた少女ふたりは。

「いい加減にしなさい」

現れた司書の一喝《いっかつ》で、外へぽいっと追い出された。

†

一方、その頃。

東京《とうきよう》魔導訓練校《まどうくんれんこう》校長室には、ひとりの来客が訪れていた。

「突然の来訪で申し訳ない、森本校長」

「いえ、こちらこそ。どうぞおかけください——不死川長官」

すらりとした長身痩軀《そうく》。黒手袋に赤いネクタイが特徴的なロマンスグレー。

三足烏のトップであり、不死川家の当主でもある男、不死川供骨《きようこつ》だ。

森本は革張りのソファを勧めてから、自らもデスクを下りて正面にぽふっと乗っかった。

「ご息女の陽菜さんは、毎日元気に登校していますよ。最近は友人も増えましてて」

「そうか。それはなによりだ」

感情を乗せない声色で、供骨は森本の言葉を流す。

そのさらっとした反応に僅《わず》かに目を細めつつ、森本は続ける。

「して、ご用件は？」

「そう、用件だ」

深々と頷く供骨は、僅かに腰を動かして前のめりになった。

「森本校長から、三足烏への推薦《すいせん》が出されていたね。早めに合流させたいとか」

「……ああ、琴野くんですね」

「琴野……琴野アズサ。そうだ」

「資料は纏《まと》めてお送りしたと思いますが、どうでしょうか。おそらくは即戦力。そして彼女もまた魔族との戦いを望んでいます」

「なるほど？」

森本のまっすぐな視線を前に、供骨は顎《あご》に手を当てた。

このペンギンの言葉には裏が無さそうで、だからこそ判断に迷っているというか。

数瞬の思案。それから、供骨は続ける。

「随分《ずいぶん》と買っているようだ。どこの生まれともつかない人間を」

「それを言い出したら、私も大した家の出ではありませんからね」

「ふむ、理由はそれか？」

「まさか」

同じように家柄に恵まれない人間を、エリートコースにねじ込むのが動機かと。

そこまでストレートな言い回しでないにせよ、似たようなニュアンスを含んだ言葉に森本は首を振る。

「彼女を買っていることは事実です。魔族根絶に向けた想いも。彼女の生まれがどうであれ、私は同じ推薦状を出したことでしょう」

「……」

訝《いぶか》しむような顔で森本を見据える供骨に、今度は森本から問う。

「それとも……中々彼女を引き合わせる機会に恵まれない理由は、家柄ですか？」

「随分と領分に踏み込んでくるな」

「失礼いたしました。長官の仰《おつしや》りようから気になったまでですよ」

森本が一礼すると、供骨は渋面《じゆうめん》を浮かべたまま続けた。

「家柄を重視する理由くらいは、森本校長とて分かると思うが」

「ええ。もちろん名家の血……魔法の力に秀でていることはもちろんですが、家という楔《くさび》があることも大きいのでしょう」

「その通りだ。何も守るものがない、縛《しば》られるものがない人間は……容易に裏切り、仲間を見捨てる。己以上に大切なものもなく、己がどうなっても構わないという者までいるからだ」

当然の知識として語る供骨の言葉にも一理あった。

命を懸《か》けて戦う以上、背中から撃たれる可能性は排除したい。それはそうだ。

「では……琴野くんの採用は見送ると？」

「……そのことだが」

すっと目を細めて、供骨は言った。

「むしろ、脅威《きようい》とは思わないのかね。訓練校に入学を許したこともそうだが、どういう経緯で琴野アズサが魔法の力を獲得したのか……詳しい情報がこちらに上がっていないが」

そう問われて、森本は少し口を噤《つぐ》んだ。

「森本校長は、琴野アズサを不審には思わないのかね。むしろ、排除するのが正着と見える」

続けざまの言葉には、供骨が今日ここに赴《おもむ》いた本当の理由が見えた。

推薦をするどころか、不死川家のトップは琴野アズサを危険視していると。

一度森本は目を閉じて、思い出した。

ぷにぷにの二の腕で力こぶを作ったあの笑顔と、その裏に垣間《かいま》見《み》えたこれまでの軌跡を。

「――どうか、信じていただきたいものですね」

息を吐いて、森本はもう一度改めてまっすぐ供骨を見据えた。

「私は長年この学園の校長をやっております。その中で、吉祥院《しんし》くんを異例とはいえ三足烏に推薦しました。それは彼の力量と、強くなるため裏表のない真摯な想いを知ったからです」

「……」

「家柄がどう、裏切る気配がどう、考えることはもちろんあるでしょう。私が三足烏長官以上に現場を知っているとは申しません。ですが、琴野アズサは信じていい人間です」

「……どうして、そう言い切れるのかね」

「私とて全てを知っているわけではありませんが、彼女のこれまでは決して平たんな道のりではなかった。多くの苦労と挫折《ざせつ》を味わったことでしょう。つらい日々を経てなお、人のために頑張ることを選んだ彼女に対して、私は敬意を払っています」

「……それは、推薦状にも書かれていたことだが」

「ですから、それが全てです。彼女は決して、この世界の人間を裏切ることはない」

合わせていた。

断言だった。

供骨は、なぜそう言えると、どうしてそこまで言い切れると、返す言葉ならいくらでも持ち合わせていた。

ただその言葉が決して森本の考えを覆《くつがえ》すことがないだろうということも、同時に理解する。

しばらくの無言を経て、供骨は大きくため息を吐いた。

「いいだろう、森本校長の考えは分かった」

「推薦は推薦。その後の判断はお任せします。ですが私の意見は留めておいていただければ」

「ああ。森本校長が琴野アズサをどう思っているか、十分によく分かった」

静かに供骨は頷いた。

# 8 中間テスト（はぁと）

たまたま襲撃が二日続いただけで、魔族による災害はそう毎日起こることでもない。

アズサはあれから数日、当たり前の高校生活というものを満喫《まんきつ》していた。

どうしようもなく追いついていない学力についても、陽菜《ひな》が健気《けなげ》にサポートしてくれている。

曰《いわ》くこの役目を征人《まさと》などに譲《ゆず》るわけにはいかないという使命感のようだが、それで陽菜に変な疲労を積ませるのも忍びない。

その辺りは自分が一刻も早くまともな学力を身に着けることで応えようと、アズサは内心強く誓ったのだった。

さて、陽菜が今日は早めに帰るというので、アズサの放課後はフリーになっていた。

学生寮こそあれど、陽菜のように毎日自宅から登校してくるタイプの生徒もいる。

名家の生まれであればあるほど寮生活を好まない、という風潮があるにはあるようだが。

「そういえばあんたはどっちなの？」

「俺は学生寮だ」

「へえ、意外」

ちゅー、とスポーツドリンクをストローで吸いながら、ちらりとアズサは隣に目をやった。

がしゃんがしゃんと鉄と鉄がぶつかり合う音が鳴り響くここは、訓練棟の中にあるトレーニングルームだ。

さながらジム宜《よろ》しくたくさんの機材が置いてある中で、アズサにはどう使うのか分からないものもあった。あれらは魔力を鍛えるために使うのだと、目の前に居る征人から聞いたのがついさっきのこと。

「三足烏《サンソクウ》の召集があるから？」

「それもあるが、ひとりの時間を確保したかった」

征人はラットプルダウン……上げた両腕を強く引くことで背中を鍛えるトレーニングを続けながら、なんだか煩《わずら》わしそうにそう答えた。

名家の次期当主ともあって、人間関係が大変なのかもしれない。

「そう。色々制限されたりするのかしらね」

「まあな。ああ、だが勘違いするな」

「？」

「お前がここに居ることは、全く邪魔だとは思っていない」

「あんたから呼び出しておいて邪魔呼ばわりしたらハッ倒すわよ」

「ふっ」

何を楽しそうに笑うかと思えば、征人は続けた。

「この俺をハッ倒す、か。そんなことが言えるのもお前だけだ」

「やーん少女漫画の主人公にでもなった気分ー」

くねくねと照れるそぶりを見せてから、アズサは真顔になった。

「はーあ」

「あんたの傲岸不遜《ごうがんふそん》も大概《たいがい》って思っただけよ」

「何をしてるんだ……？」

「事実だ」

がしゃんがしゃんと筋力トレーニングを繰り返す征人に、半眼《はんがん》を向けるアズサだった。

「それにしても」

がしゃんがしゃんやりながら征人はアズサを見上げて、上から下まで眺めて。

「ああ、やはり邪魔ではない」

「なにが……」

ストローから唇を離し、首を傾《かし》げるアズサ。同時に、普段はツインテールにしている髪型をひとまとめにした長いポニーが揺れた。

訓練校支給の体操着は、ジムでよく見るそれに近い。桃色と黒のコントラストが映えるランニングシューズに、上下を黒で合わせたショートレギンスとスポーツブラ。以上。

――女子からは人気がなく、みんな思い思いの上着を着ていることを、アズサは知らない。

アズサ自身は太ももやおなか回りの肉付きが少しコンプレックスなのだが、はたから見れば彼女のプロポーションはグラビアアイドルさながらである。

「ふむ。お前が居て良かった」

「…………おい」

しかし知らぬ存ぜぬでも、その視線に気付かないほどアズサも女を捨てていない。

「あんたまさか、あたしを応援グッズか何かだと思って呼んだんじゃないでしょうね」

「そのつもりはなかった」

「なんで過去形だ!!」

ばっとお腹回りを隠すアズサである。ここが一番自信がない。

「アズサ」

「なによ！」

「今のままで誰よりも魅力的だ」

「あんたほんとぶっ飛ばすわよ!?」

陽菜が見たら卒倒しそうな光景であった。

「はーあ。やめてほしいわ本当に」

そもそも褒《ほ》められ慣れている人生ではなかったのだ。

陽菜にせよ、征人にせよ。あまり軽率《けいそつ》に賞賛を向けないでほしかった。見た目にせよ、中身にせよ。

「美姫《びき》を侍《はべ》らせた男こそ成果を上げるなどという話を、俺は全く意識していなかったが……なるほど。きっとこういうことなのだろう」

「なにが」

「より、自分をよく見せたいと励《はげ》むわけだ」

「……はぁ」

小休憩を挟んでさらに筋トレを開始した征人に、もうアズサはため息を吐くしかない。

そうまで言われてしまっては、あまりぎゃーぎゃーと騒ぎ立てる気にもならなかった。

あけすけな好意というのは、怒りの気力をも奪うらしい。

それに、結果として彼の全ては己の努力のために帰結している。

「やっぱり努力の人よね、あんたは」

「……どういう意味だ?」

「天才だとか生まれ持った力だとか、そんな話を聞いただけよ」

「そうか。まあ、興味はないな」

しれっと、当然のように。

一通りのメニューをこなしたらしい征人が立ち上がり、アズサがそこにあったタオルを投げると、丁寧《ていねい》に機材についた汗を拭《ぬぐ》ってから、手元のスイッチを入れた。これで使用後の消毒ができるらしい。

「あんたが拭くためのタオルじゃなかったのね」

「俺も使うが、まずは機材。それがルールだ」

「秩序を守る人間なのか守らない人間なのか……」

「使わせてもらったものへの接し方くらい弁《わきま》えている」

「そう……」

基本いいやつなんだよなー、とアズサは苦笑いした。

これでアズサのことを嫁だのなんだの言いださなければ、本当に良い仲間として歓迎できたはずなのだが。どうしてこうなったのか。

「ひとまず今日のトレーニングはこれで仕舞いだ。アズサに付き合ってもらいたいのは、このあとだが……いけるか？」

「構わないわよ。あたしも軽く走って体温めたし」

「そうだったな」

征人はうむうむと頷《うなず》く。ランニングマシーンで走るアズサの横顔を思い浮かべて。

「なんか余計なこと考えてないでしょうね」

「物事に真剣に向き合う眼差《まなざ》しというのは、絵になるものだと」

「もうだまれ……!!!」

真っ赤な顔で拳を握りしめるアズサだった。

†

――訓練棟第三アリーナ。

いつぞやの〝決闘〟を行《おこな》ったこの場所で、あの日とは顔つきの違う、同じふたり。

精悍《せいかん》な顔立ちに自然体の表情で身構える征人。

同じく自然で、仲間を鍛えるためという穏やかな名目に気力十分なアズサ。

そして。

「ふれー、ふれー、アズサさーん！　ぼっこぼこですわー！」

なんかもうひとり居た。

「おい、なんだあいつは」

「来たいって言うから……」

「誰の頼みも断れない女かお前は」

面倒くさそうにアズサを睨《にら》む征人に、アズサは頬《ほお》を掻《か》く。

少なくとも好意を向けられている相手に関しては、そうかもしれない、と。

ポンポンを両手に、ファイティングポーズで右左とジャブを打つ、なんかもうひとりこと不死川《しなずがわ》陽菜。その拳は、どうしようもなくへなちょこパンチであった。

「そのポンポンどこから出したの？」

「ふつうの基礎魔法ですわ？」

「おのれ……またあたしにできないものか……！」

「どこに悔《くや》しがっている。あんなの放っておいて始めるぞ」

あんなの呼ばわりされたあんなのは、かちんときたのかポンポンを振る速度を上げていた。だからといって何が変わるでもないが。

切り替えたアズサも一息ついて、征人に向き直る。

「いつでもどーぞ」

「なら、これだな」

コインを取り出した征人が、なめらかに指ではじき出す。

コインが落下すると同時、征人の口が動く。

「吉祥院《きつしょういん》征人が願う、牡牛《おうし》の雷装《らいそう》と御力《みちから》を」

ばちばちばち、と雷光が迸《ほとばし》り、その勢いに乗って突っ込んできた征人を、アズサはレーザーで迎え撃った。

着弾の瞬間。どん、とアリーナに衝撃が走る。ふわあ、と陽菜が驚きに口を半開きにしている前で、びりびりと力と力が拮抗《きっこう》する。

——強くなりたい。

アズサを呼び出したのはひとえに、こうして征人が己を磨《みが》くためだった。

深夜アニメ見たさに渋るアズサをどうにか口説《くど》き落としてまで、こうして訓練に付き合わせる理由は単純。

『俺はお前をひとりでは戦わせない』

そのまっすぐな瞳に対して、アニメを理由に断れるほどアズサのメンタルは強くない。

結局征人がなぜ強くなりたいと思っていたのかもよく分かっていなかったし、試さなきゃいけないこともあったしと、自分を納得させてこの場に来た。

「このままじゃジリ貧になるわよ」

「分かっている」

まっすぐに迫ってくるレーザーを跳躍とステップを織り交ぜて回避しながら、征人はアズサに近づいては離れての繰り返し。

雷速で突っ込もうにも、最短距離を突っ走れば自らレーザーにダイブするハメになり、遠回りができるほど雷を纏《まと》う魔法は器用ではない。

だが渦《うず》の魔法で取り込んだところで、魔法はあっさりとアズサにカウンターを喰らう。

一進一退の攻防に、征人は思案する。この状況の打開策を。

「試すか」

ぼそっと呟《つぶや》くと同時、雷を纏う右手をぎゅっと握りしめる。迸《ほとばし》る力を逃さぬように。

そのまま、祝詞《のりと》を紡《つむ》いだ。

「吉祥院征人が願う、宝瓶《ほうへい》の渦と恩恵を――！」

前回アズサに指摘された同時展開。それを行使しようとして、自分の体内の魔力が暴れる苦しい感覚。

「ぐっ……！」

「できるの……？」

右手に雷を握りしめたまま、左には水の渦ができかけている。目を瞠《みは》ったアズサは、ものは試しとレーザーをその渦目掛けて打ち込んだ。

「く、おおおお!!」

吸い込まれると同時、魔力を吸い上げきれずに一瞬強い光を放って爆散する。

「あ、無理そう」

「ぐ……!」

ぱっとレーザーを解除するアズサに向けて、征人は吠える。

「なぜ止める！」

「練習で無理をしても仕方ないでしょ」

左腕を負傷して、右手の雷も切れた。痛みに表情を歪める征人。

彼を見ながら、アズサはなんとかもうひとつの目的を果たそうとする。

そう、先ほど征人が並べた口上《こうじょう》——祝詞である。

「えー……こ、琴野《ことの》アズサが願うんです、なんかすごいレーザー」

「なんだそのふざけた祝詞は」

でもレーザーは出る。

「それで発動するのか!?」

慌てて回避する征人を見て、アズサの額に青筋が浮かぶ。

「ふざけた祝詞で悪かったわね！」

「というか、お前そんな祝詞使って……いやそもそも無詠唱《むえいしょう》だったんじゃ」

「使ってましたー！　めっちゃ言ってましたー！」

「嘘つけ！」

ぐるんと転がって回避し、さらに跳躍する征人に、アズサのレーザーが追撃する。

アズサにとってもこの練習はいい機会だ。己の消費魔力と相談しながら、放ったレーザーの軌道を操作する。

「ほら、そこ！　逃げてるだけじゃどうにもならないわよ！」

そう言うと、征人の目の色が変わる。

「……なら！」

だん、と壁を蹴《け》り飛ばして、弾丸のように征人が突っ込んでくる。

「どうせやられるなら、相打ちに――」

雷の魔法の詠唱と同時にアズサ目掛けて拳を振り上げた征人に、アズサは目を細めた。

「それ一番ダメだから。ことあずお願いなんすごレーザー」

「略すな！」

轟音《ごうおん》。征人の拳が何かに着弾した地鳴りのような音圧とともに、盛大に征人が体ごと吹き飛んだ。先ほど蹴った壁に背中から叩きつけられるようにして、圧迫された肺から勝手に空気が勢いよく飛び出す。

「がはっ……！」

一戦の決着として、ちょうどよい頃合いだろう。魔法の応酬《おうしゅう》が終わったことを確認して、陽菜が軽く声を上げた。

「そこまでですわー」

途中までいけいけアズサ踊りをしていた陽菜も、なんとなくこの戦いの趣旨《しゅし》は感じ取ったようで、神妙な顔でフィールドに歩み寄る。

アズサも同じように、征人のもとへと足を運んだ。

「魔法のカウンターがあるんだから物理のカウンターもあるわよ。それより」

つかつかと歩みを進めたアズサが、地面に着地した征人の前で腕を組む。不満げに。

「最後のはないわ。あれだけは絶対にない」

「……そこまでか?」

「ほんとだったら死んでたわよ、あんた」

「……」

そう言われてみればその通りだ。手詰まりを打破することができず、諦めたからこそ、せめて一矢《いっし》報いようとしたわけで。

「まず第一に死なないことよ」

征人は何か言い返そうとして、やめた。

アズサのその願いの重さを、征人はもう知っている。

「死んだらもう、もっと強くなることだってできないんだから」

「……ああ」

少し遠い目をして、アズサは呟く。

「珍しく一緒に戦うって言ってくれた人たちと纏めて一緒に殺されて……目覚めた時にはあたしだけ。そんなのもうごめんだわ」

「……そうか」

きっとそういうことがあったのだろう。

「まあ、今はあたしも死んだら死ぬかもだけど」

「……」

異世界でできていたことが全部できるとは限らない。命がけで試す価値もない。

あっけらかんと言うアズサは、その辺りもう吹っ切れてはいるんだろうが。

あえて過去を口にした理由はひとえに、征人に釘を刺すためだ。

「……分かった、軽率《けいそつ》なことをした」

「！」

アズサは目を丸くした。なにせ、吉祥院征人が素直に頭を下げたのだ。

せいぜいアズサにしてみれば、キャラじゃないことをするものだ、くらいのテンションだが、
他の人間が見たらそれはそれは動揺《どうよう》することだろう。

おそらく、学園でまともに頭を下げたことなど、これが初めてだ。

「あ、あの吉祥院さんが謝った……初めて見ましたわ！」

おそらくではなく初めてだった。

「見てんじゃねえよ」

「観戦は許可されたものとみなしていますわ」

ふふんと鼻を鳴らす陽菜と、舌打ちをする征人。

そんなふたりを見ながら、アズサは言った。

「そこまで殊勝《しゅしょう》にならなくてもいいけど」

「いや、お前をひとりにした人間を許すつもりはない。ならば、そうなりかけた己をもまた許すつもりはない」

「……そ」

異世界に行ってすぐの頃は、まだ地雷探知機のような扱いではなかった。

少しだけ旅を共にした面々が全滅したのは、単に彼らが弱かったからだ。それは、当時のアズサも含めてのことだが。

――弱さを罪として、許さないとまで言えるほどアズサは他人に厳しくはない。

だが征人は違うのだろう。明確に弱さを罪と捉えている。

「気持ちは、嬉しく思ってるわ」

「すぐに力量で認めさせるさ」

ふっと征人もまた笑って、それからちらっと隣に目をやる。

そこには、ただ普通にふたりを眺めている陽菜がいた。

「……意外だな、負けた俺をボロカスにこき下ろすかと思ったが」

「失礼なこと。わたくしは努力を笑うほど落ちぶれてはいませんわ。あなたと違って、傲慢《ごうまん》でもありませんし。それに」

と言って、くるんと陽菜はアズサの方を向いて楽し気に言う。

「アズサさんがとっても強くて、そちらに見入っておりましたから？　わざわざあなたにどうこう言うことはありませんわ」

「……ふん」

鼻を鳴らす征人と、不敵な笑みを見せる陽菜。

「やれやれ……どっちも素直じゃないんだから」

単純に陽菜も、征人が頑張っていることは認めた。征人も征人で、陽菜の人間性に文句はなかった。それだけの話のはずだとアズサは思う。

「まあ、アズサさんのことはいつ諦めていただいても構いませんが」

「なぜそれをお前が決める」

「ああもう、分かった分かったから！」

一瞬の和にほっこりしていた矢先にこれだ。やれやれと、アズサは首を振った。

†

「ふぁふ」

小さなあくびをひとつ。

十分な睡眠を取ったあとでも、眠いものは眠い。

昨晩は征人に付き合ったあと、シャワーを浴びてすぐに眠りについた。

ぐっすり七時間眠ったとしても、朝の眠気とは戦いだ。

「平和ねぇ」

寮を出て、学校へ。

魔族の災害が起きることもなく、昨日会った人とまた今日も会える。

この眠気だってアズサにとっては平和ボケのようなものだ。

異世界では突っ伏して眠ることすら稀《まれ》だったし、睡眠時間なんて概念《がいねん》を考え始めたらそれだけで憂鬱《ゆううつ》になるくらい、ほとんど眠れなかったのだから。

「陽菜に吉祥院に、あと校長先生に……賑《にぎ》やかよね、ほんと」

今日も何が起きるやら。

近い未来に想いを馳《は》せながら道を歩いていれば、同じように登校の道を行く生徒もちらほらと。アズサはぐっと伸びをして、彼らの後ろをついていく。集団の中の一生徒として。

「随分《ずいぶん》ご機嫌そうだね、アズサちゃん」

「？　ああ、夕妃《ゆうひ》ちゃん」

そう呼べと言われた名前で、アズサは律儀《りちぎ》に応じた。

振り返れば、隣に追いついて並び立つ見知ったクラスメイトの姿。

否忌島《ひきじま》夕妃。家柄は詳しく知らないが、感じる魔力量とクラス内での人望からして、おおよそ黄龍《こうりゅう》Ⅱ組の女王と称して差し支えない存在だ。

「ご機嫌に見えるならそうかも。学校楽しいわよね、良いところだわ現代魔法界」

「あ、そう」

「将来のために魔法を、っていうのも良いし、余程のことがなければ学生が駆り出されることもないみたいだし？　福利厚生《ふくりこうせい》もばっちりだし。なんだか最近そういうのを実感してるというか、こうやってみんなであくびしながら学校行くのって好きよ、あたし」

「随分!!　ご機嫌そうだねえ!?」

うんうんと頷《うなず》いていたら、突然夕妃はキレた。

「ふつうさ！　随分ご機嫌そうだねって言われたら、なんかもやっとしないの!?　わたしになんかしちゃったかなって思わないの!?　相対的にわたしが不機嫌だと思わないわけ!?」

「え、あたしなんかしちゃったの？」

「しちゃったねぇ!?」

心当たりがなくてきょとんとするアズサが見れば、確かに夕妃は不機嫌だ。

非常に不愉快であると顔に書いてある。

おかしい。以前はおっかない征人から庇《かば》ってくれるくらい優しかったはずだ。

少し考えてみても、やっぱり嫌な顔をされている原因が突き止められずアズサは首を傾《かし》げた。

「なんかごめん……？」

「謝る時になんかって言うな！　ああもう、空回《からまわ》るなあ！」

腰に手を当ててアズサを睨《にら》みつけるその瞳には、確かに敵意がある。

「え、じゃあマジで何……？　心当たりがなさ過ぎて怖い。夢であんたの部屋のトイレでも詰まらせた？」

「それで突っかかるのヤバイやつすぎるじゃん……ていうかなんでアズサちゃんなんかを部屋に入れなきゃいけないの」

「え、なんかってほど嫌われてたのあたし」

いよいよアズサは困惑して、夕妃に手を合わせた。

「ごめんだけど、マジで何？」

「はあ～～～～……！」

信じられないとばかりに嘆息《たんそく》する夕妃である。

「転校してくるまでの学生生活、孤島で生活でも送ってたの？」

「まあ、当たらずとも遠からず……？」

孤独な異世界生活だから、あながち間違ってはいない。

まぜっかえすようなアズサの返事をスルーして、夕妃はアズサの顔に指を突き付ける。

「ふん。じゃあいいよ、教えてあげる。──なんで征人くんと仲良くできてるの？」

「……あー」

あー、とアズサは思った。あー、と。

むしろ正面から喧嘩《けんか》売ってくれただけありがたいかもしれない。

せっかく楽しくなってきた学校で、陰湿虐《いじ》めパーリナイが連日開催されていた可能性まで考えて、アズサは逆にほっとした。

「理解できたわ。ありがとね」

「ばかにしてんの？」

「してないわよ別に」

言ってしまえば吉祥院征人はこの学校の頂点のような存在である。

一年生ながら三足烏に合流しているという事実もそうだし、成績も申し分ないエリート中のエリートだ。おまけに最大級の名家の生まれ。モノホンの王子様である。

それが根無し草の謎女に絡んでいるのだから、そりゃあとんびに油揚《あぶらあ》げをさらわれたような気分になるのだろう。

というか。ある種、夕妃はアズサの恩人ですらある。別に彼女の想いを邪険にする理由は、アズサにはない。

「あんた、よくあの時あたしのこと庇ってくれたわね」

「それはっ……だって、アズサちゃんがなんかやっちゃったんだと思ったもん。なんにもしらない庶民《しょみん》だし」

「いや、それは本当にその通りだし実際それも原因で吉祥院に詰められたしぐうの音《ね》も出ないんだけどね」

「なのに！　いつの間にか征人くんと話してるの認めらんない！」

「……まあ」

せやろな、とアズサは思った。せやろな、と。

「夕妃ちゃんがクラス代表して言いに来てくれた感じ？」

「代表？　いや別にわたしがムカつくからだけど……」

そう言ってから、夕妃は思い至ったような顔をして続けた。

「でもまあみんな思ってると思うよ？　私の言うこと、みんなそうだねって言ってくれるし」

「あー……ぽい」

正面から言われたとはいえ、面倒事になってしまったことには変わりなく。

どうしようかと、煩《わずら》わし気に首を傾げるアズサである。

ちらりと一瞥《いちべつ》した夕妃は、相変わらずアズサを睨みつけている以外は完璧《かんぺき》な美少女である。

星をちりばめたような大きくきらきらした瞳に、バランスのいい小鼻と小口。

足も細く長くモデルのようだ。

度胸も据わっていそうで、笑顔を作ることもできる。

カリスマ性があるというのはきっとこういうことを言うのだろう。黄龍のお姫様、なんて肩書きがぴったりだ。

なるほど彼女が何か言えばだいたいみんな同調するというもの。

「つまりあんたの主張は、吉祥院に近寄るなってことね」

「そう！　征人くんはアズサちゃんなんかが近づいていいような人じゃないの。魔法界のこと全然知らないみたいだから言っとくけど、ほんとに天才なんだから！」

自慢げに、強気に語る夕妃。

その言葉にほんの少し引っかかるものがあって、アズサは思わず呟《つぶや》く。

「天才……」

「そう。魔力量もそうだし、それだけじゃないんだから。魔法の扱いも誰も追いつけないくらい速いし正確だし、何より綺麗《きれい》なの。アズサちゃんにはよく分かんないかもしんないけど」

打って変わって楽しそうに語る夕妃の言葉には、アズサが納得できるところもあった。

確かに征人の魔法は出力が本当に綺麗だ。無駄がないとも言える。

しかしこの賞賛っぷり。地味に嫌な予感はしていたが、仕方なくアズサは聞くことにした。

「あんた、吉祥院のこと好きなの？」

「そ、そそそそんなんじゃないし!?」

「うーむ」

面倒くさいことになった、とアズサは空を仰《あお》いだ。

だって自分が近づかなくとも、征人は来るだろうし。しかも夕妃はその感情を抱えながら、あの日自分を庇ってくれたというのが最悪だ。罪悪感が凄《すご》い。

征人を褒《ほ》める際に夕妃から出たのが家柄とか肩書きではなく、彼自身の力というところも相まって、なんというかガチっぽい。

そのくらいの機微を汲《く》み取る力は、アズサにだってある。

「なに、うーむって」

「……まあ、いいわ」

思い返せばこのくらいの不条理な状況、なんでもない。

これよりひどい状況に運悪く突っ込んだことなんて数知れず。

「あたしが吉祥院と恋仲的に仲良くする気がないって言っても、信じてくれないわよねえ」

「そりゃね！　どうせアズサちゃんもコロっといくもん！　わたしみたいに！」

それは事実上のカミングアウトなのでは……？　とアズサは首を捻《ひね》るしかなかった。

†

授業終わりの鐘が鳴ると同時に、教壇《きょうだん》の教師が口にした。

「今日までの範囲が、来週の中間テストに出ますからね。きちんと復習しておくように」

ぴりっと張り詰めるその場の雰囲気《ふんいき》とは裏腹に、教師は何事もないような顔をして教室を出ていった。

「……中間テスト、ね」

頬杖《ほおづえ》をついたアズサの心中は複雑だ。ふたつの心が戦っている。

片方のあっぱらぱーアズサちゃんは、学校っぽいイベントだあははーと現実逃避しており。

もう片方の悪魔っぽいアズサちゃんは、汗をだらだら流しながら、終わりの時は近いわねと黄昏《たそが》れている。

戦ってなかったわ。勝手にふたりとも絶望していた。

「まずい……マジでどうしよ……！」

戦ってなかったけど、あっぱらぱーアズサちゃんは死滅した。

今後の学校生活がこの中間テストにかかっている。

「もしもここで退学なんてしようものなら、収入はゼロ、無免許魔法使い、お先は真っ暗」

今更ぼっちアパートに逆戻りの生活も悲しすぎるし、同じ人間に異端として追われるのもつらすぎる。なんならおちおちオタ活もできない。

「アズサさん、なんだか凄いお顔をされていますけれど……どうしたんですの？」

「あたしは幸せの味を知ってしまった飢餓《きが》の獣……」

「本当にどうしたんですの!?」

隣席の陽菜が心配そうに声をかけてくるも、アズサの心中は穏やかではない。

陽菜に勉強を手伝ってもらうのも憚《はばか》られる。前回めちゃめちゃ疲弊《ひへい》させてしまったし。

「──ちょっといい、アズサちゃん」

と、声。

つかつかと歩み寄ってきたのは、このクラスのボスである夕妃だ。

ゆらりとアズサが顔を上げると、一瞬びくっとする。

「え、こわ」

「なに」

「い、いや……こほん。ちょうどいい機会が訪れたなって思ったの☆」

切り替えるように咳払《せきばら》いをひとつ。それから夕妃は周囲を見渡し、自分に注目が集まっていることに満足げに頷《うなず》くと、びしっとアズサに指を突き付けた。

「勝負しよ、アズサちゃん。今回の中間テストの合計で、アズサちゃんが負けたら──征人くんから手を引いて」

その宣言がクラスに響き渡ると同時、「おお」とどよめきが起きる。

征人がアズサに嫁宣言をしたのもこの教室。彼らにとっては、征人の感情は周知の事実。

逆に征人がどうしてそんな心変わりをしたのかは謎のまま。

ここで夕妃が対抗馬としての感情を露わにしたのは、クラスからしたら祭りの予感でしかない。野次馬たちはお互いに顔を見合わせて、きゃいきゃいと盛り上がり始めた。

「そりゃ夕妃ちゃんは黙ってないよな」

「きゃー！　決闘じゃん、決闘！」

「夕妃ちゃんがんばれー！」

「そうだよ、夕妃ちゃんの方が先に好きだったのに！」

「その言い方は負けちゃわない？」

他人事《ひとごと》のイベントは蜜の味。わいわい盛り上がる外野をよそに、決まったとばかりに口角を上げる夕妃である。

確かに全員が目撃者、この勝負を断ろうものなら周りの空気は死ぬ。

ある種社会的な攻撃とも言える、カリスマならではの行動に、しかしアズサはぱちぱちと瞳を瞬かせるのみだった。

「そんなこと言ってる場合じゃないんだけど」

「は!?　これ以上に重要なことなんてないでしょ!?」

「いや……吉祥院どころか学校かかってるし……」

「？？？」

なに言ってんだこいつ、とばかりの夕妃の視線が痛い。

「とにかく！　それでいいよね!?　はいおっけー！」

くるっと身を翻《ひるがえ》し、教室の外へと去っていく夕妃。

次は別に移動教室とかではないので、たぶん休み時間終わりには帰ってくる。

夕妃の動向はさておき、彼女が居なくなったことでクラスの熱はさらに上がった。

「あたしたちの夕妃ちゃん対謎の転校生！　なんか新聞でも作ってばらまく？」

「謎の転校生、確かに謎なんだけど夕妃ちゃんの勝ちは見えてるからな……」

「それならそれで勝ちでいいでしょ」

「吉祥院くんがなんて言うかだけが分かんないけど」

「きっと目を覚ますわよ。初めて見た庶民《しょみん》が珍しいだけよきっと」

外野は好き放題である。

「くぅ……！　アズサさんが言われっぱなしなのは癪《しゃく》ですわ！」

この状況に黙っていないアズサの味方は隣のお嬢様だけだった。

「いや、でも……夕妃さんが勝った方が好都合……わたくしはどうすれば……！」

アズサの味方ではなかった。

「ふう……賑《にぎ》やかな学生生活ね……」

あっぱらぱーな心のアズサに従って現実逃避するしか、アズサはやることがなかった。

赤点退学の危機に加えて変な祭りまで始まった。周囲の注目を浴びたうえで悲惨《ひさん》な点数でも取ろうものなら、社会的に死んだうえに学校からおさらばだ。

あまり取りたい手ではなかったが、かくなる上はペンギンに泣きつくしか……とアズサが学生として半ば終わり申し上げた思考に辿《たど》り着きかけていると。

「――なんの騒ぎだ」

いつものように他クラスでも我がもの顔の王様がエントリー。

「吉祥院、あんたぽんぽん来るわね……」

「アズサが居るからな」

「うーんこの好意を突っぱねることができない」

苦笑いするアズサの横で、狂犬令嬢が噛《か》みつく。

「騒ぎはあなたのせいですわ！　何か用ですの！」

「不死川《しなずがわ》。お前はいつからアズサのメイドになったんだ。いちいち割り込んできて」

面倒くさそうに睥睨《へいげい》する征人に、ふんと陽菜は鼻を鳴らす。

「なにをバカな。わたくしがアズサさんをメイドにします」

「あんたも何言ってんの？？？」

首を傾《かし》げるどころか捻《ね》じ曲がる勢いのアズサをおいて、陽菜は何やらはっとしたように顔を上げる。

「あら？　あまり考えずに口にしましたが、我ながら素敵なアイディアではありませんこと？」

「は？」

陽菜は想像する。毎朝、起きてまずメイド服のアズサが笑顔でおはよう。服を着替えさせてもらって、アズサの作ったモーニング。なんだったらあーんしてもらう。

「シナヒナ、なに照《て》れ照《て》れしてんのよ」

「はっ。いえ。失礼いたしましたわ。待遇は応相談ですわよ」

「妄想から帰ってこい」

はあ、と嘆息《たんそく》するアズサは、ふと気づく。そういえば征人も先ほどから黙っていることに。

「吉祥院も、そもそもなんの用なのよ……吉祥院？」

征人は顎《あご》を撫《な》でて天井を眺めていた。

「アズサ。卒業まで俺のメイドに付かないか」

「あんたも何言ってんのよ」

「いや、悪くないなと思ってな」

一日のスケジュールを読み上げ、なんでもサポートするわよ、と笑顔のメイドアズサ。

「ふむ」

「ふむじゃないわよ」

げっそりとした顔で肩を落とすアズサ。

「こっちはそれどころじゃないってのに」

悲惨な点数を取ったらこっちはお先真っ暗である。

だが、あれ、待てよ。

メイドになったらぎりぎり将来安泰……？

「シナヒナ」

「え、あ、はい？」

「もし退学になったら拾って」

「!!」

陽菜がぱあっと笑顔になった。

オイ
わき
わき

「おい、なぜ俺ではない！」

「そりゃそうでしょ気心知れてるし！」

「ぐっ……それはこれからひとつひとつ積み重ねて……！」

「うふふふふ！　友情の勝利ですわ！」

勝ち誇る陽菜であった。

「ま、まあいい。メイドの件は後で考え直してもらうとしてだ」

「その前提もなんなのよ」

「そもなぜアズサはそんな終わった顔をしている」

「言葉を選べ？？？」

確かに終わった顔はしていたかもしれないが。

実際、終わりそうなのも事実ではあるが。

「中間テストがヤバいのよ……！」

「あー……学力が終わっているからか」

「だから言葉を選べっつってんでしょうが！　ぐうの音《ね》も出ないけど！」

学力は終わっているし、そのせいで退学の危機である。

それそのものはどうしようもない事実として、まずはその打開策の用意だ。

別にどっちかのメイドになったところで状況は好転しない。

ただ、ふたりのバカ話に付き合っているうちに、アズサのメンタルもだいぶ落ち着いてきた。

今の会話そのものがある種、励《はげ》みと言えなくもなかったのかもしれない。

「だが、それでこんな騒ぎになる理由にはならんが」

征人は顎に手を当ててそう言った。

そも、征人がやってきたのはそれが原因である。

征人は征人で、このクラスは騒ぎに事欠かんなと達観していた。

だいたいがアズサのせいであるが。

「あー、それはまあ――」

と、アズサが言葉を濁《にご》そうとしたその時だった。

「――あ、そうだアズサちゃん、言い忘れてたけど！」

今回の騒ぎを引き起こした片割れが戻ってきた。

何か思ったことがあったのか、アズサに言葉を突き付けようとして彼女も気付く。

「あっ、征人くん……」

「ん？」

夕妃もまさか、賭《か》けの対象その人がクラスに訪れているとは思わなかったらしい。

流石《さすが》に征人の前で宣言するほど豪気《ごうき》にはなれないようで、口をもごもごとさせた。

「なんだ、あいつとお前の間で何か？」

「あー、まあ」

流石に聡いらしい鋭い指摘に、アズサはどう言おうか迷って。

ちらっと夕妃に目をやれば、パニクったのかあわあわしている。

可愛《かわい》いところもあるじゃない、と少し口元に笑みを浮かべて、アズサは言った。

「まあちょっと、女の戦いよ」

「……そうか」

「あんたは口出し無用」

「……ふん、まあ良いだろう」

露骨にほっとしたらしい夕妃の、なんとも言えない視線がアズサを穿《うが》った。

素直に感謝するのも癪《しゃく》だが、それはそれとして借りができた、とでもいうような。

「戦い、戦いな」

と、征人は少し考えて。

それから、肩を竦《すく》めた。弛緩《しかん》した空気を見るに、ここは何も言わずに引いてくれるらしい。

そのことにアズサがほっとしたその時、征人の余計な一言が放たれた。

「そうか、相手が誰だか知らんが、まあお前が負けるとは思えないからいいか」
・・・、と空気が凍り。
夕妃の表情が強張《こわば》ると同時、アズサは言った。

「あたしのあんたへの好感度が下がりました」

「なぜだ!?」

なぜもなにもないだろう、とその場にいた全員が思った。

# 9

# 不死川陽菜、ミドルネーム付き

アズサが寮の部屋でほっと一息ついていると、程なくしてノックの音が響いた。

今日はここで勉強会。

約束をした時の陽菜《ひな》はうっきうきでアズサの部屋訪問を喜んでいたので、この放課後も賑《にぎ》やかになりそうだとアズサは口角を上げつつ扉を開く。

ちょうどアズサが見下ろすくらいの位置に、予定通りの来客がちょこんと居た。

予想外の顔で。

「ごきげんよう。不死川《しなずがわ》・板挟み・陽菜ですわ」

なにやらげっそりしていた。

「どういうことなのよ」

「だって夕妃《ゆうひ》さんにアズサさんが軽んじられるのも癪ですけれど、アズサさんが勝ったら吉《きっ》祥院《しょういん》さんがずっと面倒くさいままですし、かといって退学なんてことには……！」

「あたしのことかーい」

思わず苦笑いするアズサだった。

なにせ自分のことでこんなに陽菜が萎《しお》れているときたものだ。

「とりあえず入りなさいよ。……せっかく、また部屋に来たんだし？」

あの時はおんぼろアパートではあったが。また来てもいいかなどと、そんなことを言っていたのを思い出して、ちょっと照れ隠しに頰《ほお》を搔《か》きながらアズサは言う。

すると萎《しな》びたお嬢様の表情はすぐさまひまわりのように明るくなった。

「それもそうですわね！」

「切り替え世界一か」

招き入れた陽菜は楽しそうに部屋の中を見渡す。

「モノが増えましたわね。ミニマリストなのかと思っていましたが」

「モノを手に入れるお金が無かっただけよ……」

必要最低限の家具家電は一式、寮から借りられるこの学校。そこにアズサの好きな変身ヒロインのグッズが雑多と並び、彼女の寮は相応に部屋としての機能は果たしていた。

「さてと。とりあえずそこに座ってもらっていいんだけど……」

「はい、もちろん」

アパートとは違う柔らかクッションを示すと、陽菜は素直に頷《うなず》く。

制服のまま腰かけようとして、陽菜は少し手間をかけてスカートの裾《すそ》を直した。

その様子を見て、アズサはふと思う。

自室ということもあり、アズサは完全に部屋着だ。水色をベースに、袖《そで》と裾、襟《えり》にレースをあしらったお気に入りである。衝動買い２８００円。

自分だけゆったりした服でいるのも、どうにも居心地が悪い。

「部屋着持ってこなかったの？　……って、そっか、シナヒナは寮じゃなかったわね」

「そうですわね。あ、でも全然お構いなく。皺《しわ》くらい、帰って伸ばせばいいのですから」

「そうは言ってもね」

そう言って、少しアズサは考えてから言った。

「あたしので良ければ着――」

「着ます」

「あ……そう？」

「着ます」

テーブルに乗り出す勢いで食い気味だった。

若干《じゃっかん》ひきながら頷くアズサは、タンスからもう一着買ったお揃いのピンクを取り出した。セットで計５６００円。今月アズサの残高はもう三桁《けた》である。

「わあ……お揃いですわね！」

さっそくジャケットを脱いでブラウスのボタンをひとつひとつ外し始める陽菜。その速度たるやお嬢様のイメージからかけ離れている。

「お揃いって言っても、こっちはハーフパンツなんだけど」

「!!　わたくし、そういうのも着てみたかったので！」

「なるほど？」

言われてみれば確かに、部屋着とはいえお嬢様が生足の服装をしているイメージもない。

「アズサさんの可愛らしい服装、わたくしとっても憧れていて」

「ほ、ほんと？」

ちょっと嬉しいアズサであった。

そんなことをしている間に、あれよあれよとブラウスを脱いで、真っ白な肌が露わになる。

白人形《しろにんぎょう》、なんてあだ名をぼんやりと思い出しながら、アズサは陽菜の体つきに少し嫉妬《しっと》した。

なんであんなに豊かなバストを持っていて、しっかりくびれがあって華奢《きゃしゃ》なんだ。

などと考えていると、シャツを着かけた陽菜の動きが止まる。すっぽりと顔をシャツが覆《おお》ったあたりで。

「……アズサさんの匂《にお》いですわぁ」

「やめろ嗅《か》ぐな」

「ぷぇ」

シャツの両脇を摑《つか》んで引きずり下ろすと、ぽんと陽菜のきょとんとした顔が現れる。

「別に、とってもいい香りですのに。洗ってないわけでもないでしょう」

「そりゃ洗ってはいるけども」

「洗ってなくともかまいませんが」

「頼むからかまえ」

本当にお嬢様か？　などと首をもげるほど傾《かし》げていると、陽菜は腕を袖に通して、襟に入っていた髪を優しくふぁさっと取り出して。

それから陽菜が手を付けたショートパンツの行く末を、じっと見るアズサである。

——アズサがショートパンツのピンクよりレギンスタイプの水色をよく穿《は》く理由も、太ももの肉付きが祟《たた》ってである。

「足ほっそ……」

「？　小食ではありますが」

ショートパンツを穿いて、スカートのホックを外して。ソックスも脱いでしまった陽菜の足は、あまりにも自信満々に細く白く、輝いてすら見える。

「おのれ」

「アズサさん？？？？？」

すっかり部屋着に着替え終わった陽菜は、丁寧《ていねい》に自分の服を畳《たた》み終えると、くるくると回ってみせた。

「どうでしょうか、アズサさんとお揃いですわっ」

「いや、うん、似合いすぎてて……なー……」

「え、どうして凹《へこ》んでしまわれるんですか⁉」

持ち主の自分より似合っていたら、凹みもするだろうとは本人の弁。

部屋着というだけあってラフな格好に、すっきりと細く綺麗《きれい》な足を、太もものレースが飾り立てている。陽菜のお嬢様らしからぬ爛漫《らんまん》さを強調したような雰囲気《ふんいき》と、襟もとがしっかり際《きわ》立《だ》たせる可愛《かわい》らしさ。

「あげよっか、それ……」

「ええ!?　い、いくらでもお支払いいたしますが……！」

「買うは買うんだ……」

「どうすれば良かったんですの!?」

愕然《がくぜん》とした様子の陽菜と、がっくり凹んだアズサ。

入ってきた時とは真逆の構図が出来上がっていた。

†

かちこちと壁掛け時計の音が響く、数時間後。

「うあー」

アズサは頭から煙が出そうだった。頑張らねばと気合を入れた結果ではあるが、詰め込み教育に脳が限界を迎えていた。

「なんとか……頑張りましたわね……」

これには陽菜も苦笑い。

口から魂が出て行きそうなアズサを眺め、陽菜は少し魔が差して手を伸ばした。

「おつかれさまでした」

さらりと、耳元にかかった髪を掬《すく》うように優しくアズサの頭を撫《な》でる。

「あ……なんかダメになりそ……」

「……」

頭がパンクしたアズサのだらしない笑みに、陽菜は無言になった。

手だけがすりすりとアズサの頭を撫で続ける。

「るぅあ～……」

「い、いけません、わたくしの方がダメになりそうですわ」

ぱっと手を放す陽菜であった。

右頬をテーブルにぺちゃっとしたまま、アズサが視線だけで陽菜を見上げる。

「……もーしないの？」

陽菜の抵抗力はカスであった。

「るぅあ～……」

などと、しばらく撫でられ蕩《とろ》けていたアズサが、いい加減復帰したのは数分後。

「なにしてんだあたし」

「愛《め》でられていますわ」

「はずっ」

がばっと起き上がったアズサの右頬は真っ赤っか。ノートの跡までついている。

「だらしないところを見せたわね」

今更きりっとしたところで先ほどの醜態《しゅうたい》はどうにもならないし、左頬まで赤いのはもちろん跡なんかではないからして。

陽菜も陽菜でだらしない表情から戻ってきて、首を振って微笑《ほほえ》んだ。

「い、いえ……また勉強して頭パンクしましょうね」

言動までは復帰していなかった。

「どういうことなのよ……」

困惑したアズサが眉《まゆ》を寄せると、陽菜はにこにことした笑顔のまま。思えば随分《ずいぶん》付き合わせたというのに、陽菜は変わらず楽しそうなままだ。

「……ありがとね」

「何がですの？」

「こうして付き合ってくれること……って思ったけど、それ以外にもなんか色々よくしてくれてさ」

「ああ、そんなこと。アズサさんのためと思えば、当然ですわ」

「そっかー……優しいわねえ」

ゆったりとした時間。変わらず時計の針だけがゆっくりと音色を奏でる中で、アズサは聞きそびれていたことを口にした。

「あのさ、シナヒナ。聞こうと思ってたんだけど」

「なんでしょう」

「あたし、小学校の頃……あんたに何かしてあげられたっけ」

「へ？」

きょとんとした陽菜の顔を見上げて、アズサは問う。

陽菜がどうしてここまでよくしてくれるのか、もとからあんなに好意的でいてくれたのか。

その辺りの事情について、アズサは全く心当たりがなかった。

すると陽菜は一度二度と目を瞬かせてから、ぽつりと言った。

「何も、覚えていませんか？」

「残念ながらねぇ。あたしが覚えてるのは、シナヒナがもともと誰にでも優しい良い子だったことくらいよ」

「そう、ですか」

陽菜の表情は、ショックを受けているわけではなさそうだった。ただ少し驚いたようで、それから優しく微笑む。

「でしたら……忘れたままでも構いませんわ」

「あ、教えてくれないのね!?」

くすっといたずらっぽく笑って、陽菜は自らの口元に人差し指を当てる。

「えー……あたし何したの……」

「ふふ」

楽しそうにそう言って、陽菜は天井を見上げた。

優しい声色のまま、彼女は語る。

「今になって、わざわざ掘り返すことでもありませんから」

「……」

なぜだか。その優しい声に、寂しさのようなものが入り混じっているように思えて、アズサには少し気にかかった。

「シナヒナ？」

「さて、残りの時間もやれるだけやりましょうね」

「……そうね。今はとりあえず、過去のあたしに感謝しておくわ」

「はい！」

†

19時から20時までが、今日の一年生の入浴時間。

そこかしこから響く話し声は、おそらく同級生のもの。

「色んな人がいるお風呂というのも、なんだか楽しいですわね～」

遅くまで付き合わせてしまったからというアズサの誘いに乗って、陽菜もまた浴場へと足を運んでいた。

浴場特有の反響と湯気が、ぼやけた楽しい雰囲気を引き立てている中で。陽菜が身体《からだ》を洗い終えて、湯舟の方できょろきょろとアズサを探す。

アズサのオーラならすぐ見つかるだろうと予想してみれば、やはりすぐに見つかった。

浴槽《よくそう》の隅っこ。まるで彼女を避けるようにその一画だけ人がいない。

さもありなん、と陽菜は思った。すっぴんを回避しようがないお風呂というシチュエーションで、気持ちよさそうに細まった瞳と、その長いまつ毛。艶《つや》やかな黒髪をバレッタでまとめ上げていて、首筋はすらっときらめいて見える。張ったお湯に僅《わず》かに反射する四肢《しし》は実に芸術的に美しく伸びて、まるで欧州テルマエの彫像のよう。

美姫《びき》と言って差し支えないその存在感は、比較対象になってしまうのを避けるに余りある。

「アズサさんは、わたくしを羨《うらや》ましいなどと言いましたけれど」

陽菜は困り顔のまま、素足を湯につけた。

「わたくしも隣に行くの、少し躊躇《ちゅうちょ》するんですからね」

そんな風に思いながら、芸術品のもとへと向かえば。

「なんかみんなこっち見てない？　足？　足よねこれ多分。伸ばすの好きなんだけど毎度毎度見られるとやっぱり恥ずかしくなってくるわ。どうにか絞《しぼ》れないかしら。リンパがどうとか言ってたからほぐしてみるのもあり？　や、なんか揉《も》んだら揉んだで逆効果な気もするし……」

「素敵な脚だと思いますわ」

「わっ、シナヒ、ナ」

弾かれたように顔を上げると同時、アズサは太ももを触っていた手を引っ込める。

それから、アズサの目が据わった。

「……はあ。腹立つくらい綺麗《きれい》ね」

「白すぎてコンプレックスかもですわ」

「隣の芝生《しばふ》は青いわねえ」

「それはわたくしも同じことですわ」

そっとアズサの隣に腰を下ろせば、ほんの僅かに上がった水位が波打って、至近距離のアズサと陽菜の二の腕に、ちゃぷちゃぷと順に触れる。

「えー、何が？　身長？」

「全部……？」

「怖すぎるんですけど」

口角を引きつらせるアズサの顔は、隣り合うと潤いに満ちていて子どものよう。

「でも、特にということであれば、わたくしアズサさんの健康的な脚は羨ましいですわ」

「……」

「そんなに嫌そうな顔しなくてもよいのでは!?」

「太いのよ……健康なのはそうなんだけど……ただすらに太い……」

「ただすらに太い」

不思議なものだと、陽菜は思った。

健康的であること。活動的な印象を与えてくれること。何が悪いのだろうか。

えい、えい、と足を絞ろうとするアズサの奇行を眺めて、陽菜は楽しそうに目を細めた。

「がりがりよりもずっと良いと思いますわよ！」

「ええい、そんなことはあんたが細いから言えるのよ！」

きゃいのきゃいの。湯に浸かった陽菜の太ももをびしっと指さされて、陽菜は反射で遮《さえぎ》った。両手で自分の足を隠すようにして、

「わ、わたくしはそこまで細いというわけでは――」

「――騒がしいと思ったら、なにしてるのさ」

響いた声に、アズサと陽菜が顔を上げた。

今は一年生の入浴時間だからして、彼女がそこにいるのは当然で。

「夕妃さん、ごきげんよう」

「さらっと陽菜ちゃんがいるのもびっくりだけど、浴場は響くんだから声控え目にね」

至極《しごく》常識的な彼女の指摘に、陽菜がしゅんとする。しかし、隣の少女は夕妃を見つめたまま動かない。夕妃がこてんと首を傾《かし》げると同時、アズサは呟《つぶや》いた。

「細い」

「え、な、なに」

「細い！　なにそのプロポーション！　めちゃめちゃ羨ましいんだけど！」

くわっと鬼々迫るの表情で、アズサは声を上げる。

「ウェストも細い！　くびれ綺麗だし、なに、ワイングラスみたいな見栄えになってるし足も腕もほっそいし！」

「声が大きいってば！」

このままでは注目の的《まと》だ。さしもの夕妃も自身の身体についてこうも赤裸々《せきらら》に語られては、恥ずかしさで頬《ほお》を染め慌てて湯舟にちゃぷんと入り込んだ。

「夕妃さんも恥ずかしがったりするんですのね」

「そりゃモデルもかくやのビジュアルの夕妃ちゃんだって、素っ裸で衆人環視《しゅうじんかんし》に晒《さら》されるのはごめんだっつーの！　もう、アズサちゃんも自重して！」

「モデル……ほんとにモデル体型よね……」

「じろじろ見んな！」

アズサと陽菜の正面に、肩まで浸かって。夕妃は浴場の蒸気とは違った理由で、火照《ほて》った頬を膨《ふく》らませた。

「だいたい、キミたちだって相当恵まれてるでしょうが。陽菜ちゃんは肌白くて出るとこ出てて？　アズサちゃんに至っては何それ、肌子どもみたいじゃん」

「わたくし、白いのはそこまで……」

「……あたしズルしてる自覚あるし」

「よくわかんないけど、隣の芝生は青いって話で合ってる？」

はあ、と困ったように嘆息《たんそく》する夕妃に、アズサは唇を尖らせる。

「夕妃ちゃんが羨ましいと思っていれば成立するけど」

「……まあ、アズサちゃんが恨めしいのは別の理由だから」

「ぐぬ……」

歯噛《はが》みして足のマッサージに戻るアズサであった。

「そんなことしなくてもとっても魅力的ですわ、アズサさん！」

「なにやってんだか」

おそらく自分が来る前からやっていたやり取りに戻った陽菜とアズサを眺めて、随分《ずいぶん》と仲が良いことでと夕妃は眉《まゆ》を下げた。

「ところで陽菜ちゃんはなんで寮《ここ》にいるの？」

「アズサさんのお勉強をお手伝いしていて、そのままの流れで」

「ふーん……今更だけど、仲良いよね、ふたり」

「そう見えますっ？」

嬉しそうに反応したのは陽菜だった。

「何を隠そう、小学校の頃からのお友達ですもの。一緒の高校で三年間過ごすことができて、わたくしはとっても幸せですわ！」

「……」

その言葉に、夕妃は思うところがあったのか。

少し黙って、アズサを見やる。

「アズサちゃん的には？」

「あたし？　……そうね。あたしもシナヒナがいてくれて良かったわ。魔法界に来たのも、シナヒナがいたからっていうのは大きいしね。まあここまでシナヒナがあたしのこと好きでいてくれる理由は、さっきはぐらかされたばっかりだけど」

「はい、秘密ですわっ」

ふふ、と微笑《ほほえ》む陽菜とは対照的に、夕妃の表情は少し曇った。

「……そっか」

その夕妃の反応が少し妙に感じられて、アズサは首を傾げる。

「なに、どうしたのよ」

「べつになんもないよ。ね、陽菜ちゃん」

そこでなぜ自分に振られたのか、一瞬分からなかった風の陽菜。

ただ、アズサのあずかり知らぬところで何かがあったようで――陽菜も微笑んだ。先ほどまでのきゃいきゃいとした笑顔とは違う、どこか儚《はかな》くも感じる笑み。

「……そうですわね、何もありませんわ」

「なんかふたりだけの話してない、ねえ？」

陽菜と夕妃とを交互に見やるアズサの問いに、夕妃は答えるつもりがないのか、ざぱっと立ち上がった。

「さて、そろそろのぼせちゃうし、出よっか」

†

脱衣所でドライヤーを手にしていた陽菜に、夕妃が告げた。

「陽菜ちゃん、門限大丈夫なの？」

「えっ……あ、すぐに帰りますわ！　アズサさん、また明日！」

はっとしたように時計を見上げた陽菜が、慌ただしく帰宅準備を始める。時刻は20時を少し回ったところ。二年生が続々と浴場に入ってきたタイミングだった。

「ああうん……門限？」

別れの挨拶《あいさつ》もそこそこにぱたぱた駆けていってしまった陽菜の背を見送って、アズサは夕妃に振り返る。すると、なんてことのないように夕妃は言った。

「陽菜ちゃんの家は門限あるから」

「そう」

隣り合って洗面台を前に、ドライヤーを手に取るアズサと夕妃。

ごー、と温風とともに自前の櫛《くし》で髪をとかしながら、アズサは気になったことを告げた。

「あんたとシナヒナも、実は結構仲良かったりするの？」

「仲が良い……」

渋面《じゅうめん》を浮かべた夕妃は、そのまま続けた。

「良かった、かな。わたしってほら、不死川の分家じゃん？」

「初めて知ったけど」

「ええ……魔法科の筆記取る気ある？　名家の事情については結構出るよ」

「マジ？」

目をぱちくりさせるアズサだが、それで得心がいった。アズサが陽菜と小学校からの仲だというのなら、夕妃と陽菜はいわゆる幼馴染《おさななじみ》というやつなのだと。

「さっきさ」

だからアズサは続けた。

「お風呂でなんか、意味深なやり取りしてたわよね」

「……したね」

「そこ、触れていいの？」

「……」

そう問うと、夕妃は一度黙った。ゆっくりとかしていく髪は、艶《つや》があってふわふわだ。

「アズサちゃんってさ、陽菜ちゃんのことどのくらい知ってるの？」

「どのくらい……」

思い返されるのは、天真爛漫《てんしんらんまん》で明るい真っ白な少女の笑み。

初めて彼女を認識した時から、そのイメージは変わっていない。裏表もなく、嫋《たお》やかで穏やか。多少暴走することもあれど、それも可愛《かわい》げだ。

そんなイメージをぽつぽつと告げれば、夕妃の返事は気のないものだった。

「ふーん……まあ、そっか」

「自己完結しないでくれる……？」

「ごめんごめん、納得しただけ。陽菜ちゃんはアズサちゃんと一緒にいるのが一番楽しいんだから、そりゃそうもなるかって話」

「まあ、魔法の世界に戻ってからは、友達もあまり増えなかったとは言ってたけど」

「だろうね。名家に生まれた人間には、それ相応の義務もあるから」

「……なに、夕妃ちゃん」

夕妃は先ほどから、随分と迂遠《うえん》な言い回しばかりだ。ただ、ここまで匂《にお》わされれば、アズサも分かることはある。据わった目で、鏡越しの夕妃を見据えた。

「シナヒナ、なんかあるの？」

「そりゃ名家の魔法使いだし。だから一応言っておこうと思って」

そっとドライヤーを止めて、夕妃は手元を見下ろす。冷風に切り替えながら、こともなげに彼女は言った。

「あんまり、陽菜ちゃんと仲良くしない方がいいよ」

一瞬の沈黙がふたりの間に落ちる。

「理由は？　まさかとは思うけど、シナヒナの友達がいなかったのって、あんたの仕込み？」

「いじめみたいなこと言わないでよ。理由はそんな難しいことじゃない」

アズサと目を合わせることもなく、夕妃は続けた。

「……弱い人間が踏み込める事情じゃないからだよ」

「弱い人間、ね」

「一応こんなこと言っておいてなんだけど、今回はアズサちゃんのためを思って言ってるからね。征人《まさと》くんのことと違って」

「……申し訳ないけど、誰のためかはどうでもいいわ」

「そっか。そうだね」

陽菜から手を引けと言われて、そこに善意も悪意もない。どちらにしたって、アズサの選択は変わらないのだから。

「弱い人間が踏み込める事情じゃない、か」

アズサも、自らの長髪の手入れがようやく終わって。

ドライヤーを止めて、夕妃に向き直った。

「あー、じゃあさ。夕妃ちゃん」

「ん？」

力がないから陽菜に踏み込めないというのなら、陽菜が明るく振る舞う裏に重たい事情を抱えているということとイコールだ。

「今回、夕妃ちゃんとあたしで勝負するでしょ？」

「……うん？」

「あたしが勝ったら、その話教えてくれない？」

「はあ!?」

「だってそうじゃない。弱いかどうかは、そこで夕妃ちゃんに判断してもらって。……もしもシナヒナに何か事情があるなら、今更他人面《づら》なんてできないわよ」

アズサの出した条件に、夕妃の表情が少し引きつる。

予想だにしなかったからか、

「……わたしに勝ったくらいで、強いだなんて」

夕妃の言いたいことは、アズサにも分かった。夕妃と同じくらいの強さでも、やはりダメだと言いたいのだろう。だから、アズサはあっけらかんと笑う。

「だいじょぶだいじょぶ、強いって思わせるくらい圧勝するから」

「おまっ」

これには夕妃も面食らったようで、思わずといった言葉が出る。

「あはは、夕妃ちゃんもお前とか言うのね」

「……あーもう。口ではなんとでも言えるんだからね」

「で、どう？」

そうアズサが夕妃を見やれば、夕妃も夕妃でアズサを見つめ返した。

言葉に偽りなく、アズサが冗談抜きに取引を持ち掛けていることが分かって、夕妃は大きくため息を吐く。

「考えとく」

「そうね、判定は任せるわ」

正面切って勝つ理由ができた。

アズサはひとり、ぐっと拳を握った。

†

――不死川邸。

静かで広い、古風で大きな屋敷。

満月にほど近い、優しく強い明かりに照らされて、裏庭の池がきらきらと輝いていた。

敷地内で最も大きな屋敷である本邸。その玄関の引き戸がゆっくりと開き、未だ少し火照《ほて》った頬《ほお》の陽菜が顔を出す。

「ただいま帰りました」

彼女の帰宅を知り、複数の使用人が楚々《そそ》とした歩みで出迎える。

「おかえりなさいませ、お嬢様」

深々と一礼した使用人たちに、陽菜がぺこりと礼を返すと、彼らは顔を上げて告げた。

「当主様が、お嬢様の帰りをお待ちです」

「……お父様が？」

珍しいこともあるものだと、陽菜は目を丸くした。

もし呼び出されるとしても三足烏《サンソクウ》周りの雑用に事後連絡があるくらいで、先に父が家で待っていることなど滅多《めった》にないからだ。

使用人たちに案内されるまま、前後を挟まれる形で廊下《ろうか》を進む。いったいなんの用だろうと、陽菜は気楽に構えていた。

もしも大きな用事があるとしても、それは高校卒業間近になってからのことと思っていたから。

「お嬢様が帰られました」

「通せ」

多くの使用人や、不死川の魔法使いたちとすれ違いながら突き進むこと数分。

本邸の最奥に辿《たど》り着いた陽菜は、使用人の手によって開かれた襖《ふすま》から、部屋の中へ一歩踏み入れた。

「お父様」

「来たか……」

座敷机に向かい、何やら書類をしたためていた当主――不死川供骨《きょうこつ》が顔を上げる。

部屋の中央に正座した陽菜が、静かに頭を下げた。

「……今日は随分《ずいぶん》と遅かったな」

「お友達と、寮でお勉強をしておりましたので」

「友達、か」

　筆を置いた供骨が、感情のない瞳で陽菜を穿《うが》つ。

　陽菜もまたまっすぐに供骨と目線を合わせる。静かなやり取り。そこにあるのは、親子というよりも機械的な上意下達《じょういかたつ》の関係性だった。

　わざわざ呼び出された用件はなんだろうか。陽菜が供骨の言葉を待っていると、彼はやがてゆっくりと口を開いた。

「――琴野《ことの》アズサを知っているな」

「えっ……はい。今日も、お会いしていたのはそのアズサさんですが」

　出てきたのは予想外の名前。虚を衝《つ》かれつつも陽菜が頷《うなず》くと、供骨は眉《まゆ》をひそめた。

「あの……アズサさんが、どうかされましたか？」

　なぜか、嫌な予感がした。陽菜が恐る恐る問うと、供骨は何やら思案している様子。顎《あご》に手袋越しの手を当てて、目線を落としたまま告げる。

「親しくしているということで良いんだな？」

「え、ええ……それはもう」

　こくりと頷く。少なくとも陽菜にとっては、これ以上なく親しくしている相手であったから。

「不幸中の幸いか」

　すると、供骨はぼそりと呟《つぶや》き、念を押すように言った。

「信頼は勝ち取っているということだな?」

「……お父様、お話が見えませんわ」

「見えなくともいい」

表情を険しくする陽菜を意にも介さず、供骨は首を振る。そして、改めて宣告した。

その言葉は、陽菜の理解を軽く超えるものだった。

「──お前の手で、琴野アズサを排除しろ」

「…………………は?」

絞《しぼ》り出した声は、掠《かす》れていた。

いったい何を言われているのか分からず、震える唇。二の句が継げないでいる陽菜に対して、淡々と供骨は繰り返す。

「聞こえなかったか。琴野アズサを排除しろと言ったのだ。つまりは殺《あや》めてこいということだ」

「……な、ぜ?」

「……訓練校を統《す》べる森本《もりもと》の協力は期待できない。そうなれば我々からの手出しは難しい。加えて言うなら、ヤツは戦闘に長《た》けている。正面戦闘での排除が──」

「そうではなく!」

思わず陽菜は立ち上がる。ぎゅっと拳を握りしめ、目の前の男が紡《つむ》ぐ理解のできない言の葉《ことのは》を遮《さえぎ》った。

驚くのは供骨の方だった。かつて白人形《しろにんぎょう》とまで揶揄《やゆ》されるほどに、言いつけ通りのことしかしてこなかった彼女が、こうして食って掛かるような物言いをするのは初めてに近い。

「そうではなく……なぜ、なぜアズサさんを……お父様が」

唇を噛《か》み締め、やっとのことで吐き出すように。

震える瞳には動揺《どうよう》。先ほどまでの淡々としたやり取りから、打って変わった感情の発露。

しかし陽菜のその想いを受けても、供骨の表情は変わらなかった。

「ヤツに生きていられては困る。間違いなく、そう。不死川の悲願、その邪魔になるからだ」

「っ……！」

口を噤《つぐ》む陽菜。

不死川という家が脈々と受け継いできた魔法の到達点。今やそれが、陽菜の代で成し遂《と》げられるであろうことを、陽菜も分かっている。

名家に生まれた者として、為さねばならない義務というものは、ある。恵まれた生活を送ってきたからこそ、義務もまた果たさねばならない。陽菜も、そう思って生きてきた。

ぺた、とその場にへたり込んで。

陽菜が俯《うつむ》くと、彼女の感情を示すように、彼女の豊かな髪もまた、ふぁさりと重力のままに下りていく。

「……どうして、アズサさんが邪魔になるなどと」

「それをお前が知る必要はない。……だが、そうだな。琴野アズサとは、そういう生き物だからだ」

「理解が、できません……」

いやだ、いやだと、力なく陽菜が首を振る。

その様子を見据えて、供骨は言った。

「では聞くが……お前はあの女がどういう経緯で魔力を会得《えとく》したか知っているか?」

ぴく、と陽菜の肩が僅《わず》かに揺れる。

それは、知らないことだ。ただ、一緒に居られる理由ができて嬉しかった。

「あの女が、吉祥院征人が認めるほどの魔法を使える理由は?」

それも、知らないことだ。大好きなお友達が、強くて頼もしくて嬉しかった。

「それはあの女が……幾つもの〝悲願〟をへし折ってきたからだ」

「そんな」

アズサの力、その理由。陽菜はどれも知らない。だからこそ、供骨の言葉を否定もできなかった。

揺れる瞳を潤ませて供骨を見上げれば、供骨はどこか煩《わずら》わしそうに首を振った。

そして考えるように、手袋越しに顎に手を当てることしばし。

供骨はゆっくりと立ち上がる。

「では……そうだな。こういう風に言ってやろう」

「……へ?」

「琴野アズサならば、お前の代わりになれる」

その一言は、陽菜にとっては衝撃以外の何物でもなかった。

初めてそこに、友を想う以外の感情が芽生《めば》えてしまう。

「……それ、は。で、ですがわたくしはそのために育てられ」

「琴野アズサはそれだけ異質だということだ。……これを渡しておこう」

ようやく陽菜が命令を聞く姿勢になったかと、供骨はひとり頷いて。

それからスーツの懐《ふところ》に手を伸ばし、小粒ほどの紫色の丸薬《がんやく》を取り出した。

「……お父様」

「何に混ぜ込んでもいい、砕いて使っても問題ない。魔法の力に感知されない神経毒だ」

「っ、あ……」

そっと、それを半ば無理やり陽菜に握らせて、話は終わりだとばかりに供骨は陽菜に背を向ける。

がっくりと肩を落としたまま、陽菜はか細く呟いた。

「考える……時間をください」

打ちのめされた少女の言葉も、供骨はあっさりと突き放した。

「そう時間は取れん。一両日中に覚悟を決めるように」

# 10 VS夕妃ちゃん

「やあ、呼び出してすまなかったね」

――翌日の校長室。

もう何度も入ったこの場所に、いい加減アズサも慣れてきた。

「いえ……もう慣れましたしね」

べつに、校内放送で呼ばれるわけでもないのだ。ＬＩＮＥ交換してるし。

校長室に足を運ぶのは、友達感覚――は言い過ぎにしろ、先輩の部屋にお邪魔するくらいのテンション感しか、もうアズサは持ち合わせていなかった。

ソファに腰かけるよう勧められ、アズサは大人しく従った。

ちょこんと膝を閉じて座ってみれば、正面のソファに森本《もりもと》はぴょんと飛び乗った。

「呼び出された理由って、三足烏《サンソクウ》の話ですか？」

「……残念ながら、まだ返事がなくてね」

緩く首を振る森本は、なんだか困ったように眉を寄せた。

「向こうも向こうで、色々と考えることがあるのかもしれない。その間に魔族災害が起きないことを、私は祈るばかりだよ」

「なんか、ごめんなさい？」

「勝手に出動することについては、そうだね！」

努めて明るく振る舞う森本に、アズサは首を傾《かし》げた。

意外とペンギンの自分を受け入れているのだろうか、とアズサは思った。

「じゃあ要件っていうのは？」

「魔族についての話だね」

「！　なにか分かったんですか？」

「ああ。仮説ではあるけど、現時点でそれを否定できる情報もない」

森本がぱんぱんと手（羽？）をたたくと、書棚《しょだな》の一角から分厚い本が飛んでくる。

それを森本がキャッチして広げると、古い紙の香りがかすかに香った。

開いた本には、森本が書いたメモが数枚挟まれていた。

「これはかつて平安《へいあん》時代の陰陽師《おんみょうじ》がまとめた書のひとつでね。日本書紀《にほんしょき》や古事記《こじき》、風土記《ふどき》などに登場する怪異現象や怪物、神について改めて陰陽師の観点から解析されている」

「へー……こっちじゃメジャーな本なんですか？」

「学会ではメジャーだけど、高校生は知らない人が大半、くらいのレベルかな」

「……？　そのメジャーな本に、新発見が？」

怪訝《けげん》そうな顔をするアズサ。

それはそうだ。魔法を研究する人間が集《つど》う場所で、メジャーとされている本に今更発見があるとも思えない。

異世界で騙《だま》され続け、胡散臭《うさんくさ》いものに対するセンサーが過剰《かじょう》なほど鍛えられてしまったアズサにとって、この話はまだ捉えどころのない靄《もや》のようなものだった。

その気持ちが伝わったのだろう。森本は緩く笑った。

「気持ちは分かるけど、キミのもたらした異世界という情報こそが、誰も知らない新情報だ」

「あ」

「ひとつ異分子が混ざると、これまでの常識は全てが覆《くつがえ》る。元素とかが分かりやすいかな。かたっぱしから、実はその新しい異分子が関与していた事例が他にあるのではないかと調べ上げられ——そして誰かが見つけるわけだ」

す、と数枚のメモを指し示す森本。

「ひとつめ。魔族の使う魔法は祝詞《のりと》も必要ない。これは元々、魔族と人間では魔法に関わるメカニズムが異なるからだと言われてきた」

「ふむ……」

「ふたつめ。ヤマタノオロチや白面九尾《はくめんきゅうび》といった怪物もまた、魔族と同類だとされる」

一枚一枚の紙のメモを読み上げて、三枚目。

「ここから推測されるのは——そもそも魔族って」

「向こうの世界の存在ってことですか?」

「そういうことになるね」

「……あ」

アズサは思い至る。確かに、ヤマタノオロチよろしく蛇のような魔族も、白面九尾よろしく狐のような魔族も、戦った覚えがある。

「人間で牧場やるとか、ふざけたこと言ってたっけね」

「……魔族は死亡すると同時に、大気中の魔力に溶けて消える。具体的に解剖《かいぼう》できたためしがないから、確定させることはできないけど」

「あたしが同じ魔法を使っていること……それから、知ってる顔がこの前出てきたこと。……これまでこの世界の魔法使いが戦っていたのは、あたしが行った異世界の魔族……」

「ちなみにこれが本当だとしたら、上がそれ知ったらきみを解剖するね」

「にぎゃー……」

異世界の魔法を知るために、それを使える庶民《しょみん》の魔法使いひとりを生贄《いけにえ》にする。全然あり得る話だとアズサも思う。結果的に、全てを伏せてくれている森本に命を救われた形だった。

「ありがと、校長先生」

「そりゃまあ、ね……これ以上キミに献身を要求するのはちょっと」

軽く肩をすくめて、おどけるように森本は言ってみせた。

「その話はよくて。琴野《ことの》くんに聞きたいのは、この前吉祥院《きっしょういん》くんと一緒に倒した知り合いの魔族って……異世界でやっつけたはずなんだよね？」

「そのはず、です」

「だったら、彼らがなんでこっちの世界に来てしまっているかも、考えないとならないね」

「そうですね……」

もちろん魔族というだけで見境なく戦ってきた。だが、前回の片翼のように並々ならぬ殺意を抱いた相手も多く、そういう相手は殊更丁寧《ことさらていねい》に死んだことを確認した。

「とはいえつまり、前例があるということはこれから先もそれがあり得るのは間違いない」

森本の渋い表情に、アズサは思わず立ち上がった。

「あの、先生」

「ん?」

「やっぱり魔族が出たら、あたしじっとしてる自信ありません!」

「……まあ……そう……だよねぇ……」

めちゃめちゃ苦しそうに森本は頷《うなず》いた。

「うん、三足烏の方はつついておくよ。座って」

「はい……」

とすん、とアズサが腰を下ろすと、森本は切り替えるようにアズサを見た。

「私からの話はこれだけだ。琴野くんから聞きたいことはないかい? 学校生活とか」

「あー……そう、ですね……」

学校生活。

そう聞いて真っ先にアズサの脳裏《のうり》によぎるのはやはり赤点の話である。

そもそもの学校生活が危ぶまれている。

「あのぉ～」

「なんでさっきの決意と打って変わってそんな情けない声出るの？？？」

「や……テストのね？　点数がですね……？」

「えっ」

森本、目を瞬かせる。

「琴野くん、勉強できないの？」

「言葉を選べ!!!」

「いや、だって……賢いイメージあったから。意外で」

「それもそれで煽《あお》りにしか聞こえないんですよ！」

「ええ……？」

ぽりぽりと頰《ほお》を搔《か》く森本である。

「学生の本分は勉強だからねえ……うーん。勉強できないとこの先も苦労するし」

「ぐ、う、うぐ」

ぐうの音《ね》も出なかった。

「退学にならないようにはしたいけど……そうだなあ」

そう森本は腕──というか羽を組んでしばし考えて。それから、思いついたように顔を上げて言った。

「そうだ。じゃあ、こうしよう」

「な、なにか良い案が!?」

一縷《いちる》の希望を見て表情を輝かせるアズサ。

「赤点取ったら三足烏の推薦《すいせん》取り消すね」

「なぜ追い込む方に!?」

上げて落とされた。

アズサは慌てて森本の水かき付きの足にすがりつく。

「あ、あのあのあのあの、あたし、魔法の実技全然だめで!」

「いやどんだけだ。そんなことしないで落ち着いて」

「もう幸せを手放したくはない!!」

「切実さが他の生徒と段違いなんだよなあ!」

必死の表情で訴えるアズサに、流石《さすが》の森本も難しい顔だ。

実際、魔法の実技と言われると森本も納得せざるを得ない。

「分かった、分かった。確かに実技は琴野くんも大変だもんね」

ぶんぶん頷くアズサ。

「じゃあそこだけちょっと先生と話しておくよ。琴野くんがちゃんと評価されるように。実技ってそもそも、魔法で戦える力を見るものだから」

「ありがとうございますぅ!!」

「うーん、今一番感謝されてない……？」

命がどうとかの話の時よりも重い気がして、森本は眉《まゆ》を下げた。

とはいえ、そこまで学校生活を楽しんでくれているならと、少し嬉しい気持ちもある。

願わくばテストも、学生らしく頑張ってくれればと思う森本であった。

……と、ここで綺麗《きれい》に終わればいいのだが。

「……えっと、あの」

アズサは目を泳がせていた。

「……ほ、ほかの一般教科については」

「一般教科は頑張ろうよ……」

「ば、ばかな……！」

絶望に暮れるアズサに、小さく森本は苦笑い。

「学生らしいことを楽しんでみよう。それこそ、不死川《しなずがわ》くんとかと勉強してみたりさ」

「いや、まあ、それはその通りなんですけど」

勉強……頑張るか、と、森本への交渉は諦めるアズサ。

実際、陽菜《ひな》に勉強を手伝ってもらうのは大変だが楽しくもある。

それに、学生っぽくて嬉しいというのも事実だった。

と。そこでふと、アズサは思いだす。

「そういえば、シナヒナと言えばなんですけど」

「うん？」

アズサが思い返すのは、昨日のこと。

「魔導の家に生まれた義務、って、なんかあるんですか？」

随分《ずいぶん》と寂しそうな顔をしていた……気がする。

陽菜の呟《つぶや》きをそのまま拾って森本に問いかけると、森本は森本で思案顔。

「その家によるなあ……私も、すべての家の事情を知っているわけではないからね。ただ」

「ただ？」

「家が代々繋《つな》いできた魔法とか、一族の悲願とか、そういうのはパターンとしてあるかな。親の代までが頑張ってきた分、自分が頑張らないと祖先の想いが無駄になる、みたいな」

「なるほどねー……庶民《しょみん》には分からない話ですね」

「不死川家が研究している魔法については、明かされている範囲だと不老不死。かつて富士《ふじ》の山が不死の山、なんて言われていたことに起因して、その伝承をどうとか……」

そこまで言ってから、森本は首を振る。

「まあでも、他家の事情に踏み込むことは現代でもタブー扱いだから、私が知っていることもきっと正確ではないだろうね」

「んー、んー。んー……」

「琴野くん？」

腕を組んだアズサがうめいているのを見て、森本は首を傾《かし》げた。

「あたし的には、シナヒナの家が何してても別に良いんですけど。単にあの子の顔が気になったってだけで。……直接聞くのってダメだったりします？」

「ちらっと聞いてみる分には良いんじゃないかな。不死川くんが家の本分を守ろうとしているのなら、他人に言っていいこととダメなことくらい判断つくだろうし」

「ま、それもそっか。そうします！」

「ん。そうするといい。頑張れ、キミたちは学友なんだ」

「うぃっす」

学友。日常をともに生きる相手。

異世界から解き放たれたからこそ、その言葉を胸にとどめて、アズサは校長室をあとにした。

†

「よーし絶対勝つわよー！」

「なぜですの！？！？！？！？！？！？！？」

今日も今日とて勉強会。

勉強のお手伝いを買って出てくれている不死川・板挟み・陽菜の板挟みをぶち破るような気合のこもったアズサの声が冒頭である。

「えっ、えっ？」

「やーんなんだかめちゃくちゃやる気出てきちゃったのよねー！」

「どどどどどうしてですの？　そ、そんなに吉祥院さんのことが」

「じゃあそうかも」

「」

ふら、と陽菜が倒れそうになった。

「そんなに!?」

慌てて抱き起こすアズサである。

「まあ吉祥院のことは冗談だけど、やる気になったのは本当よ。わざわざついてきてくれてありがとね」

「い、いえ……そ、そうですの、冗談、冗談……質《たち》の悪い冗談はどうかご勘弁を……」

額の汗を拭《ぬぐ》う陽菜とともに、今日アズサが居るのは渋谷《しぶや》のカラオケボックスだ。

「それにしても……こういうところでお勉強するのも久々ですわね……」

「いやー……ごめんね、今月のお給料出たらちゃんと払うからね」

「別にお金は構いませんが……」

アズサの言うお給料とは、東京《とうきょう》魔導訓練校《まどうくんれんこう》から出ている補助金である。

三足烏に入ればさらに手当が増えるということで、アズサの気力は十分。入ったら入っただけ使ってしまうので、相変わらず宵越《よいご》しの銭はもたないスタイルであるが。

ともあれ、カラオケボックスだ。

これまでの勉強会は図書館、アズサの部屋ときて、心身を切り替えるためにも別の場所にしようというのは陽菜の提案。

そこでアズサが思いついたのがここだった。というのも。

「小学校の時とか、シナヒナが友達と行ってたなーって思い出して」

笑顔でアズサがそう言えば、少し昔を思い出すようにして、懐かしむように陽菜は言った。

「……そういうこともありましたわね」

「うん、ちょっと憧れだった」

「……ふふ、そういうことでしたの」

納得したように、そして心から嬉しそうに陽菜は頷《うなず》いた。

「わたくしも、アズサさんとこうしてふたりでお出かけなんてとても嬉しいですわ」

「とんと縁がなかったから、来てみたかったのよねー」

ぐーっと伸びをして見渡すボックス内。ここは魔法と縁のない場所ということもあり、陽菜にとっては懐かしい風景だ。そして、アズサにとってみればアニメで得た知識しかない場所。

「勉強の息抜きに色々歌える……今から楽しみだわ」

「アズサさんがどんな曲を歌うのかは、わたくしも楽しみですわ」

「シナヒナは？」

「わたくしは……その。あまり得意ではないので……」

「えー、聴きたいけど」

ほんのり頬《ほお》を染めて目を逸《そ》らす陽菜の反応は、どうやら本当に得意ではなさそうで。

ただ、アズサ自身も陽菜の歌を聴いてみたいのは本音だった。

歌っている姿もきっと可愛《かわい》いし、この恥ずかしがっている彼女にマイクを手渡すのも、なんだか暗い楽しさがあるというか。

「じゃあ、こうしましょ」

「?」

「あたしがシナヒナの出す問題にちゃんと正解できたら、歌ってもらおうかしらね!」

「そ、そんな……!」

またしても板挟みですわー! と頭を抱える陽菜とともに、今日も楽しい勉強会が始まった。

†

「それでは聞いてください、琴野アズサで、『ピュアリズミック☆ステップ』です……」

「はー、アズサさんが高い声で歌う可愛らしい曲……素敵ですわ……」

「なんで一回も歌わせられないのよ……!」

二時間後。アニメ三期までのオープニングとエンディングに挿入歌と、アズサが大量に持ち歌を消費し続ける一方で、陽菜の手からタンバリンを引きはがせたことは一度もなかった。

『アタシ頭は良くないけど♪　嫌なことは嫌って～♪　……今頭よくないとか歌いたくない！』

マイク越しにぶちキレるアズサの完全な負け惜しみ。

悲しきオタクは完コピした振り付けを狭いボックスで披露しながら、本日十曲目を歌いあげている。

「これ全部、同じアニメ？　なのですわね。映像の子たちとも、もうなんだかお友達みたいな気分ですわ」

『おいそれ煽《あお》りだからな!?　っとと、アタシ負けない♪　想いと魔法で届け気持ち～♪』

ずっとＭＶ付きで同じアニメの曲を歌い続けていればさもありなん。

負けないという歌詞とは裏腹に、勉強勝負で負け続けたアズサの罰ゲーム。

陽菜も板挟みの気持ちはどこへやら、ひたすら楽しそうにアズサの歌を聴いていた。

「……ふう。ああもう、全く」

「きゃー、アズサさん可愛かったですわ！」

しゃんしゃんと打ち鳴らされるタンバリン。一曲を終えたアズサは疲れたように溜め息をひとつして、嬉しそうな陽菜を一瞥《いちべつ》した。

「……まあ、楽しんでくれてるならいいけど」

一度マイクを切って、改めて自分のノートに向き直る。バツの嵐。

「あ、アズサさんも頑張っていますから！　ちゃんともう、高校の範囲に追いついてきましたわ！　えらいえらい！」

「く、う……！　き、きっと忘れてるだけよ、忘れてるだけ」

アズサの異世界での記憶は、体感で二年程度だ。それがこの世界の身体《からだ》にどの程度の影響を及ぼしているのかは、アズサにもはっきりとしたことは分からない。

ただ、ひとつ言えることがあるとすれば、悲しいかな元から勉強はできていない。

ある種むしろ、ここ最近のアズサはちゃんと頑張っているとも言えた。

アズサ自身のプライドはどうあれだ。

「それにしても……ですけれど」

「んー？」

陽菜の隣にアズサが腰を下ろすと、陽菜は柔和《にゅうわ》に微笑《ほほえ》んで言う。

「アズサさんはきっと、このアニメが好きなんですわよね？　確か、お部屋にもお人形が」

「そうね。まあ、好きじゃなきゃわざわざ振り付けまで覚えないけど。というか今はむしろ、ダンス覚えられる記憶力を勉強に使いたいけど」

「ま、まあまあ。わたくしは単純に、アズサさんの好きなものも知らなかったなと思っただけで。少し寂しい気持ちはあるのですが」

「あたしもハマったのは帰って――じゃない、ここ最近のことだから」

「そうでしたの？」

「うん。改めてこう……自分の中に閉じこもるのをやめたというか。周りを見渡してみたら、この世界は素敵なものがたくさんあるんだなーって……思えたみたいな」

「自分の中に閉じこもる……」

ほんの僅《わず》かに、陽菜が目を伏せた。

これまでは気づかなかっただろうが、陽菜に何かあると知った今のアズサは、彼女の機微を感じ取ることができた。

「ま、なんていうか現代の文化って最高よね！」

「も、ものすごいふわっと来ましたわね!?」

僅かな陰りを吹き飛ばすようにアズサが笑えば、陽菜は感慨《かんがい》深そうに頷いた。

「でも、そうですわね。わたくしが知っていたアズサさんよりも、随分《ずいぶん》と明るいのも……きっと心持ちの違いが影響しているのでしょうね」

「かもしれないわね。生きるのを楽しむことにした、というか」

ぐーっと伸びをしたアズサの視界には、向き合うべき学校のテキスト。

今は苦手な勉強をすることすら苦ではない。むしろ楽しい。

「……ねえ、アズサさん」

「んー？」

明るく振る舞った話のあとでも、陽菜はなんだか寂し気だ。

俯《うつむ》いたまま、彼女は呟《つぶや》く。

「アズサさんはどうやって明るくなって……どうやって、魔法の力を手に入れたんですの？」

問われて、アズサは考える。陽菜には、異世界の話はしていない。

「そうね」

　マイクを置いて、隣の陽菜に笑みを向ける。

「あまり詳しくは話せないけど……。決して楽しいだけじゃない大変な色々が重なって、手に入れた力なのかしらね」

「……そう、ですの」

「うん。だから、そうね。こうしてシナヒナと一緒にカラオケ来たり、吉祥院とか夕妃《ゆうひ》ちゃんがちょっかいかけてきたり……そういう今が、一番幸せよ」

　そうあっけらかんと口にすれば、陽菜は顔を上げる。目と目が合って、それから陽菜は眉尻《まゆじり》をやんわりと下げた。

「アズサさん」

「ん？」

「やっぱりわたくしは……アズサさんが大好きですわ」

　突然の好意に、アズサは僅かに目を瞠《みは》る。彼女がどういう意図で、そんなことを告げたのかは分からない。ただ心の底からそう言ってくれていることだけは伝わって、アズサも頷いた。

「ありがと。あたしもシナヒナのこと、大好きよ」

†

――ついに中間試験一日目。

初日の今日は、実技試験から始まる。場所は訓練棟第三アリーナ。

もはや征人との対戦で馴染《なじ》んだ場所が、今回の実技の試験会場であった。

「えーっと……魔力の出力と、相手の魔法への即応力を見る試験……と」

今更ながら、アズサはもう一度試験要綱《ようこう》に目を通す。

そして、ほっと胸をなでおろした。

「ありがとう……校長先生……」

どれほど校長が手を入れてくれたかは分からないが、花を咲かせる試験でなかったことに心底ほっとするアズサだった。

ざわざわと大勢の生徒たちがいる中で、準備万端とばかりに手足をぷらぷらさせていた夕妃がまっすぐアズサに歩み寄る。

「勝負するなら直接対決だよね、アズサちゃん」

「相手自由なんだっけ」

「ある程度は通るでしょ、ね？」

夕妃が試験官らしき教師に目配せすれば、彼は小さく顎《あご》を引いた。問題ないらしい。

「分かったわ。それじゃあ、やりましょうか」

「おっけー♪」

我が物顔で夕妃はアリーナの中央へ。

最初の組み合わせが決まったということで、生徒たちは脇にはけていく。

「否忌島《ひきじま》夕妃と、琴野アズサだな。生徒確認ができたので、カウントダウンを開始する」

事務的に捌《さば》く試験官の合図で、ふたりの間に5という数字がホログラムで投影された。
4、3、2、1。
「試験開始！」

試験官の声とともに0の数字が綺麗《きれい》に叩き割れ、その向こうに立つ夕妃の姿がはっきり見える。まずは様子見と、アズサは静かに魔力を練《ね》った。

「わたしが勝ったら、分かってるよね」

「あたしが勝っても、分かってるわよね？」

夕妃の言葉にアズサが返せば、わずかに夕妃の表情が曇った。

なお、それを征人の取り合いと誤解した外野がやにわに盛り上がっているが、ふたりの視界には入らない。あとひとりひとり必死で陽菜が誤解を解こうとしている。

「――否忌島夕妃が祈ります、武御雷《たけみかづち》の咆哮《ほうこう》を」

響く祝詞《のりと》とともに、夕妃がぶわりと魔力を纏《まと》う。

瞬間アズサも察した。

「あんなきゃるんとして可愛《かわい》い全開って感じなのに――」

同時に掻《か》き消える夕妃の姿。そしてアズサの背後に響く声。

「ああうん、わたし武闘派」

ずがん、と鈍い音を立てて振り下ろされる拳。アリーナに突き刺さると同時にクレーターを作る威力を見て、アズサは僅かに目を細めた。

「単に体を強化って感じでもなさそ」

クレーターが明らかに拳の範囲を超えている。おそらくは、拳を叩きつけると同時に放たれる魔力放出の方が彼女の魔法の本命。

「ふうん、一目で分かったつもり？」

強気に笑った夕妃が地面を蹴《け》る。跳躍の勢いはただ浮くというよりも、天井に突き刺さりそうな速度。案《あん》の定《じよう》瞬く間に天井へたどり着いた夕妃は、さらに右の壁左の壁と、だんだんと蹴って――狙いはアズサの視界から外れる撹乱《かくらん》か。

「ちゃんと防御に魔力割《さ》いてね」

アズサがただ突っ立っていることを、無防備と思ったか。

念のためとばかりに響く夕妃の声はある種の優しさであり、そしてきっちりとアリーナにどこからともなく響く声。この辺り、自分の場所を悟られるような愚《ぐ》は犯していないようだ。

アズサはただ何を言うでもなく目を細め、夕妃の攻勢を待つ。

ふとアズサは考えた。黄龍《こうりゆう》のクラスには、卓越した実力を持つ魔法使いが集まるらしい。

そして、他の色のように一点特化ではなく、複数の魔法に秀でた者が集《つど》うとも。

だとすれば、夕妃はただ格闘戦に優れた魔法使いというわけではないはずだが――とそこまで考えたところで、その答えはすぐに出た。

「――杳忌島夕妃が祈ります、八岐大蛇《やまたのおろち》の複号《ふくごう》を」

「ああ、なるほど」

高速で飛び回っていた夕妃の身体が八つに増えた。

そのどれもからしっかりと魔力反応を感じる辺り、影を増やしたというよりも。

「全部本体か」

「っ……よく分かるね!!　でも分かったところで！」

格闘戦に優れた徒手空拳《としゅくうけん》の爆発力、そしてこの分身を繰り出す補助の魔法。

なるほど、黄龍のクラスに選ばれた理由はそれかとアズサは納得する。

「分身した魔法使いを相手取ると考えると難しいけど」

ただ、それがアズサにとって脅威《きょうい》かと言われれば、そんなことはなかった。

「格闘戦の得意な魔法使いが八人いるだけよね」

「っ!?」

分身の中のひとりとアズサの目があった――その、あっという間のことだった。

「あ、琴野アズサが願います、なんかすごいレーザー」

とってつけたような祝詞と共に、一瞬でその分身が穿《うが》たれた。

「うそっ！」

「残り七人全員動揺《どうよう》しちゃダメでしょ」

すっと視線が次々に夕妃の分身を捉える。捉えるということは、もう仕舞いだということで。

五、四、三、二、一と。まるで最初のカウントダウンのように、次々ただ魔族を殺すためのレーザーに呑《の》まれて消えていく。
「こ、こんなっ……まだ！」

握りしめた拳とともにアズサに殴《なぐ》り掛かる最後の夕妃。

「なめるなっ」

夕妃は飛び下がり、もう一度祝詞を唱えようとする。

「否忌島夕妃が祈ります――」

「あ、何度でも分身出せるのねっ――それはさせないわ」

夕妃のポテンシャルは理解しつつも、まだアズサの敵ではない。

どん、と突き抜けたレーザーが、祝詞を口にする瞬間の夕妃の頬《ほお》すれすれを突き抜けた。

「っ……あ」

「あたしの魔法、手加減できないから。直撃ではないけど、諦めて」

「…………分かった」

ふてくされるような夕妃の呟きとともに――試験官が声を上げて勝負は終わった。

勝者――琴野アズサ、と。

†

「わたしが節穴《ふしあな》だったんだね」

「いやまあ、あたしが胡散臭《うさんくさ》いのは認めるわよ」

全ての試験が終了したあとのこと。

訓練棟の屋上に呼び出されたアズサは、待っていた夕妃に開口一番そう告げられた。

「征人くんも、アズサちゃんがこんなに強いの知ってるの？」

「一応ね」

「そっか……」

ふう、と吹っ切れたように息を吐いて、夕妃は背後を振り向いた。

美しい夕日が覗《のぞ》いている。

「……うん、決めた」

「？」

そしてもう一度アズサの方を振り返った夕妃は、いっそ美しいくらいの笑みを見せて言った。

「わたし、征人くんのこと諦めるよ。お幸せに」

「待て待て待て待て待て待て待て待て待て」

それはもう慌てて止めた。

「いやそういう話ではなかったくない？？？？」

「え、だってわたしから持ち掛けた勝負だし」

「あたしの勝った時の条件は説明してたでしょうが!!」

「えっ……………あ、そっか」

「なんでそんな悲壮《ひそう》な男の奪い合いみたいになってんのよ……」

はあ、と肩を落とすアズサである。

色恋沙汰《いろこいざた》に巻き込まれるのは勘弁願いたい。

「ちぇー、結構ちゃんとロケーション選んだのに」

「ノリノリか」

「ノリノリなんかじゃなかったよ！　わたしは悲劇のヒロインだよ！」

「そういうのなんて言うんだっけ。スイーツ……？」

「？　よく分かんないけど」

わざわざ雰囲気《ふんいき》の良い場所を選んで、男を譲《ゆず》るシチュエーションを作る夕妃という女。

もとからくせ者だとは思っていたが、アズサの中で夕妃がヘンなやつにランクアップした。

ダウンかもしれない。

「で……なんだっけ。陽菜ちゃんの事情？」

「そうね」

「……はあ、分かった。アズサちゃんが、わたしよりずっと強いのだけは分かったから。ただ……どうなっても知らないからね」

「ええ」

「じゃあちょっとここじゃ誰に聞かれるか分かんないから、わたしの部屋来て」

# 11 神降ろしの器

夕妃《ゆうひ》の寮部屋は、なんというか上品で綺麗《きれい》という言葉が似合う部屋だった。

一番目立つのが部屋の真ん中に陣取る大きな鏡。

次に目を引くのは、鏡とはまた別に用意された化粧台《けしょうだい》と、大きなクローゼット。

透明感あるキレイ目のカーテンと、しっかり遮光《しゃこう》の加工が施《ほどこ》された黒いカーテン。

床にはもの一つ落ちておらず、なんだか同年代というよりも少し年上の部屋に感じた。

「はー。オトナの女って感じ」

「褒《ほ》めても何もでないけどね」

ぺたんと床に腰を下ろして、足を伸ばして、夕妃はさっきまでの試験を振り返る。

「……はーあ。なんか、まだ感情の整理できてないカモ」

言ってしまえば自分の魔法は、ただただアズサに見破られ、なすすべもなく撃ち抜かれた。

アズサが魔法を駆使して戦ってくれたわけでもないし、善戦できたとはとても思えない。

「なんでそんなやつが初歩の魔法すら使えないんだっつーの」

「なによ、悪かったわね」

アズサはきょろきょろと周囲を見渡す。クッションのようなものは見当たらない。

「どこ座ればいいの」

「床」

「まじかよ」

仕方なしとばかりにアズサも夕妃の近くに、制服のスカートを押さえながら腰を下ろした。

壁に寄りかかって一息。

「……まー色々事情があって、あたしはむしろ黄龍《こうりゅう》にしか入れなかったのよ」

「その色々事情ってのは教えてくれないの？」

「そーね……」

少し考えてから、アズサは何かを思いついたように夕妃に笑いかけた。

「じゃあこれはあたしに勝てたら教えてあげる」

「なにそれ、しかえし？」

「あたしの事情も、それなりに強い人にしか教えられないの」

「征人《まさと》くんは知ってるの？」

「知らないわ」

「……そ」

力無い者が知っても、どうにもできない。あるいは、知っているだけで危険が及ぶ。

そんな話は、魔法界にはままあること。

吉祥院《きっしょういん》征人でさえ知らないものなら、夕妃の手が届くのはいつになるやら。

——その状況は確かに、夕妃がアズサに陽菜《ひな》の事情を教えなかった理由によく似ていた。

「陽菜ちゃんのことだけどさ」

だから夕妃は、打ち明けることにした。勝負に負けたということもあるが、アズサがちゃんと強いと信じて。

「うん」

「それを話す前に、前提として不死川《しなずがわ》と否忌島《ひきじま》の話をしないとなんだけど……まあ、おばかなアズサちゃんに簡単に言うと、魔法の家はだいたい苗字《みょうじ》が悲願を表してることが多いのね」

「不死川と否忌島……言われてみると確かに両方、死ぬことを否定してる感じね」

「そ。で、そのアプローチに使ってるのが、神降ろしの魔法」

「神……」

アズサの表情が僅《わず》かに曇った。

神というものには、魔族以上に良い思い出が無い。

そっと唇に手を当てて思案しながら、アズサはぽつりと零《こぼ》す。

「あんまりこういうこと聞いていいのかも分かんないんだけど」

「なに？」

「夕妃ちゃんの魔法……八岐大蛇《やまたのおろち》がどうのって」

「ああうん、あれも神の力を借りる一端みたいな感じ」

「そういうことなのね」

八岐大蛇といえば、おそらくは魔族だ。

神の力を借りる不死川と否忌島、神降ろし、そして魔族に祈る魔法。

なんだか妙に、不吉なワードがアズサの前に並べられていく。

「で、まあ陽菜ちゃんのことに戻ってくるんだけど。あの子……ざっくり言うと、今代《こんだい》の大きな儀式に使う神降ろしの器《うつわ》なのね」

「ごめん、どういうこと？」

「だから不死川の悲願を叶えるためのアプローチの話。不老不死を叶えるために、不死川は神への誓願をやるつもりなの。どういう経緯でそこに行きついたかは知らないけど」

「……よく分からないことだらけね。神降ろしの儀式も、神への誓願も全然知らないというか。メジャーな話だったら申し訳ないけど……結局具体的に、その儀式をすると陽菜はどうなるの」

説明を受けたところで、何やら大がかりな何かしらをやる、くらいのことしかアズサには分からなかった。それに分からないでも構わない。

知りたいのは最終的に、陽菜にどういう影響があるのかだけ。

魔導の家に生まれた義務として陽菜が何をし、どうなるのか。

まっすぐに夕妃を見据えれば、夕妃は諦めたように呟《つぶや》いた。

「儀式をするのは高校卒業の日、満月の夜。ま、その時陽菜ちゃんの人格は消えるよね」

「おっけ、理解したわ」

すっとアズサは立ち上がる。それだけ聞ければ十分だとばかりに。

見上げる夕妃は、眉《まゆ》を下げて言う。

「あのさ、アズサちゃん。言っておくけどこれは家の――」

「分かってるわよ。あたしは庶民《しょみん》だし、家がこれまで紡《つむ》いできた歴史がどうのってのは知らないわ。あんたたちがそれにどんな重さを背負っているのかも」

「……陽菜ちゃんも受け入れてることだし、邪魔しようとしたら不死川全部が敵に回るよ」

「うん。それも分かる。他の家は干渉しちゃダメって話もね」

「わたしが……ううん、陽菜ちゃんも、アズサちゃんに伏せてた理由も分かってる？」

「知ったところでどうしようもないからでしょ」

あと、とアズサは夕妃を見下ろして告げた。

「それでも夕妃ちゃんがあたしに話してくれた理由も、分かってるつもりよ」

弱い人間にはどうすることもできない。だから知らなくて良かった。

でもそれをアズサに話したということは。

「夕妃ちゃんも、ほんとは嫌なんでしょ」

そう言われて、夕妃は口ごもった。

負け惜しみのように目を逸《そ》らして、夕妃は唇を尖らせる。

「……おばかのくせに、そういうことだけ分かるアズサちゃんは嫌いだなー」

「ふふ」

アズサは髪を払い、びしっとポーズを決める。

急に何？　と目を瞠《みは》る夕妃に向けて、アズサは歌った。

「アタシ頭は良くないけど♪　嫌なことは嫌って〜♪　言えるもん、友達のためなら♪」

「……は？」

知らない歌を突然歌われて、目を白黒させる夕妃に向けてアズサは告げる。

「あたしが好きなのは、ファンタジーじゃない。ただ憧れられる素敵な非日常よ」

あっけに取られていた夕妃が、力なく噴き出した。

「なにそれ。意味わかんないや」

「あんたにも教えてあげるわ、今度」

軽くウィンクすれば、夕妃も笑った。

「わたし、けっこう好きかも。アズサちゃんのこと」

だから無茶はするな。そう釘を刺すつもりで言ったその一言に、アズサは笑って振り返る。

「あたしは最初からけっこう好きよ、夕妃ちゃんのこと」

†

「校長せんせー!!」

「うおお!?」

どかーん、と勢いよく扉が開き、校長室の中にいたペンギンは大慌てで振り向いた。

「ちょ、ノックくらいしてほしいんだけど！」

「そんなこと言ってる場合じゃないんですよ！」

つかつかつかつかつかとデスクに歩み寄ったアズサは、どんと勢いよくデスクを叩いた。

「──陽菜は神降ろしに使われる器、だそうです。これで先生なら伝わる!?」

矢継《やつ》ぎ早《ばや》に事情を伝えれば、森本《もりもと》にとってはそれで十分なようだった。

すぐさま表情を渋くする彼に、アズサは言う。

「ほい、生徒の危機！　生徒は守るもの！　校長先生信じてる！」

「……魔導の家では、ままあることではあるけどね……」

諦めたように嘆息《たんそく》する森本。

その様子を見てアズサは、彼もうっすらその気配を感じ取っていたのだと察する。

「……不死川家の悲願に必要なものなのだろうね」

「えっと、先生？」

まさかのノータッチですか？　と、アズサもまた表情を険しくした。

すると、緩く森本は首を振る。

「知っちゃったからねえ」

頭を抱え、うめくようにそう言った。

「せんせ～」

これには思わずアズサもじゃれる。

「……とまあはい。笑ってる場合じゃないんで色々言いますけど、そもそも神を降ろすって時点で相当ヤバいじゃないですか。神ですよ神。クソ神しか知りませんよあたし」

「そう、だね」

さんざん神について調べたあとだ。

陽菜がどうこう以前の問題も、森本の中にはあるはずで。

「とにかく不死川をどうにかしましょう！　場合によっちゃ全部ぶっ壊す方向で！」

ぐっと拳を握り気合を入れるアズサを、森本は慌てて制した。

「待った待った、琴野《ことの》くん」

「何か良案あります？」

「良案というか、とりあえずはちゃんと状況を把握《はあく》するところから始めようよ」

「というと」

「そもそもキミ、不死川家をぶっ壊す方向で話してるけど……ちゃんと話せるかもしれないだろう。穏便に」

「いやー……どうですかね……」

アズサは腕を組む。

「え、交渉の余地なし？」

「だって、一族の悲願とやらのためにひとり犠牲《ぎせい》にしようとしてるわけですよね。その時点であたし的にはもうアウトっていうか。……異世界であたしがやられたことと同じというか」

「…………なるほどね」

勇者として、ただひたすら地雷探査機の如く働かされ、人類の悲願のために魔族とひとりで戦い続けた身としては。

少数の犠牲に甘んじる行動そのものもまた、許せるものではなかった。

「大義のためには犠牲も必要だって台詞《せりふ》あるじゃないですか。あれが犠牲になる側から出てきたの見たことないんですよね、あたし」

「……まあ、そうだろうね」

ぼんやりとアズサの経歴を知る森本は、小さく息を吐いた。

「気になることも、ある」

ぽつりと、森本は呟く。彼が思い返すのは、いつかの不死川供骨《きょうこつ》の来訪。

「いや、分かった。――三足烏《サンソクウ》のトップは、不死川の現当主……不死川くんの父親だ」

「！」

「なにやら向こうも事情がありそうだけど、いい加減ちゃんと引き合わせよう」

アズサの口角が上がる。

「直談判《じかだんぱん》の機会があるっていうなら、悪くないわね」

三足烏に陽菜の関係者がいることは陽菜から少しだけ聞いていたが、まさかトップだったとは。話が早くて助かると、アズサは笑った。

†

陽菜からの連絡を受けたのは、その直後のことだった。

ただ一言、「会いたいです」と。

淡泊《たんぱく》だが、どこか真摯《しんし》な印象を感じさせるその短いメッセージに、アズサは呼び出された焼却炉《しょうきゃくろ》の前へと足を運んだ。

いつか、陽菜が案内してくれた〝好きな場所〟のうちのひとつ。

「来たわよ、シナヒナ」

「アズサさん」

振り返った陽菜は、嬉しそうだ。

ひとまず緊急な案件ではなさそうだと、少し胸をなでおろす。

「どうしたのよ」

「いえ、すみません。えっと」

呼び出したのは陽菜の方。だが、なんだか言葉に詰まっているようで。

口を開きかけては、閉じる。そんなことを繰り返す陽菜を前に、アズサは一つ息を吐いた。

用があるのは、こちらも同じだ。

「じゃあ、あたしから良い？」

「へ？　あ、はいどうぞ」

アズサから話があるとは思わなかったのか、陽菜は少し驚いて手を差し出す。どうぞ、と、これまた丁寧《ていねい》に。そんな所作《しょさ》ひとつとっても、可愛《かわい》らしく――掛け替えのない相手だとアズサは思う。

「――シナヒナの事情、全部知ったわ」

「っ……え？」

一瞬、陽菜の表情が色を失う。同時に、陽菜の握られた右手がびくっと反応した。

だがすぐになんとか立て直すように、無理くり笑ってみせた。

「なんのことだかさっぱり。わ、わたくしにそんな大層な事情など」

「嘘が下手《へた》ねえ……」

アズサはアズサで、困ったように笑った。

この友人は変わらない。裏表がなく、とっつきやすく、いつでも誰にでも親身で。

「あんたはこの状況、どうにかしたいとは思わないの？」

「ど、どうにかって」

なおも誤魔化《ごまか》そうとする陽菜に、アズサはひとつ知った事実をぶつけた。

「――あたしは、卒業しても一緒に遊んでたいわ」

「っ……」

今度こそ陽菜は息をのんだ。

それから一度アズサを見て、その真摯な瞳に全てを悟られていると理解して。

肩を落として、空を見上げた。

「本当に、全部知ってしまわれたのですわね」

「まあね。あたし、凄《すご》いから」

「そうですわね。アズサさんは、凄い……」

困ったようにそう頷《うなず》く陽菜は、アズサに知られてなお、気持ちがあまり動いていないように見えた。

「……全部知ったからには、どうにかするつもりだけど」

煮え切らない陽菜の反応に、アズサが唇を尖らせる。しかし陽菜は緩く首を横に振るだけ。

「いえ。アズサさんには、ごめんなさい。知ってしまわれたことについては、わたくしの嘘がへたなのが悪かったんです」

「謝られても全然嬉しくないんだけど」

「それもそう、ですわね」

力なく微笑《ほほえ》む陽菜が、校舎の方を一瞥《いちべつ》する。

楽しい、学《まな》び舎《や》。

「……わたくしは、恵まれた暮らしをしてきましたわ。そう自覚することも多くありました。それこそ、アズサさんの暮らしを聞けば、強く思います」

「……あたしはあたしで特殊だろうけど」

「であればこそ、その恵まれた暮らしをする対価というものがあります。魔導の家に生まれた以上行なうべき、義務というものが」

「……」

「古来より不死川家に生まれた他の血族も、その悲願に辿《たど》り着けずに死んでいきました。積み重ねられた屍《しかばね》と代償に得た叡智《えいち》を考えれば、わたくしがここで背を向けるのは血族に対する冒とくですわ」

　だから、と陽菜は口にする。

「不死川に生まれた者として、果たさなければならない責務はある。最初のそれは、吉祥院さんの許嫁《いいなずけ》という役割でしたが……それが反故《ほご》になったのなら、また別の役割を。恵まれた家に生まれた者の務めというのは、そういうものなのです」

　そう告げて、名家の令嬢らしく上品に、しずしずと頭を下げる陽菜。

　まるでこの話はここで終わりとばかりに、打ち切るように。

　ただ「分かった」という返事が欲しくて、庶民と魔法の家に生まれた人間を明確に隔《へだ》て、友との間にあえて距離を作るように言ったその言葉に……返事はなかった。

　代わりにあったのは。

「むぎゅ」

「なに幕引きみたいな顔してんのよ」

　下げた顔をむんずと摑《つか》まれ、無理やりに顔を上げさせられた。

目の前にアズサの顔。初めて見る憤《いきどお》りの表情に陽菜は目を瞠《みは》る。

「名家とか知ったことじゃないわ。あんたのそれは単なる洗脳よ」

「なっ」

「ひとつだけはっきり言ってあげるわ」

ぐっと顔を近づけて、アズサは一度目を閉じる。

一瞬アズサの脳内に呼び起こされるのは、異世界に渡って本当の本当に最初のこと。

勇者として戦うよう願われて、視界に入った苦しそうな人々の姿。

かわいそうな人たちだと思った。自分よりずっと。

彼らに比べたら日本で育った自分は随分《ずいぶん》恵まれていた。だから、かわいそうな人たちのために体を張るのも、まあ仕方がないこと。

そう最初に思ってしまったから、アズサは地獄に叩き込まれたのだ。

だから、目を開いてまっすぐに陽菜に告げる。

「恵まれて生きることに代償なんかあっちゃいけないの！」

初めて、陽菜の瞳が揺れた。

「アズサさん……」

陽菜は頰《ほお》を挟まれたアズサの手のひらに、そっと自らの手を重ねる。

「ねえ、アズサさん。覚えていなくても、構いませんわ」

慈《いつく》しむようにアズサの手を握って、そっと頰から離していく。

「わたくしは、今日まで。アズサさんがあの日言ってくれたことを救いに、生きてきました」

アズサの眉《まゆ》が少しだけ下がる。結局、アズサの何が陽菜に響いたのか、まだアズサは忘れたままだから。

「あたしは、何を言ったの？」

その問いに、陽菜は緩く首を振った。アズサの拘束《こうそく》を逃れ、自由になったその首を。

と——その時だった。

「なるほど、なるほど。陽菜も良い友達に恵まれたものだね」

ちらとアズサが視線をやると、そこには見慣れない壮年の男性。

「お父様……？」

目の前の陽菜が零《こぼ》した言葉で、アズサも理解する。

「ああ、探したよ、陽菜」

目の前の男が、願いとやらのために陽菜を生贄《いけにえ》にしようとしている男。そう認識したアズサは、じっと彼を睨《にら》み据えた。

「……あなたが、不死川の当主さま？」

「ああ、キミは……」

一度、当主とアズサの瞳が交わった。

僅《わず》かに表情が険しくなるのは同時のこと。

「……琴野アズサくん、だったね」

「ええ。陽菜の友達です」

「そうか、そうなんだろう。今の話を聞いたら分かる」

ゆっくりと一歩一歩陽菜に近づく当主に、アズサの本能が何故だか警戒を隠せない。

「いや、キミの言葉は私の胸にも響いたとも」

うん、と優雅に頷いて、彼はそっと陽菜の肩に手を置いて言った。

「——陽菜を神降ろしの器《うつわ》にするのは、やめよう」

「……本当ですか?」

願いとまで言った。娘を捧げるような真似《まね》すら是《ぜ》とした。そんな男が、陽菜の友人の言葉ひとつでこうもあっさりと手のひらを返すのか。

アズサの中で、かつて数多く騙《だま》されてきた感覚が警鐘を鳴らしている。

それを知ってか知らずか、供骨はアズサの方をまっすぐに見つめて、頷く。

「ああ、本当だとも」

「……ありがとう、ございます」

ぺこ、とアズサは一礼して、ちらっと陽菜の様子をうかがう。

陽菜は、静かだった。

凪《なぎ》のように、なんの感情も匂《にお》わせず。当主の言葉を、どうとも思っていないかのように。

「結論は変わらないな、陽菜」

「はい、お父様」

念を押すような供骨の台詞《せりふ》も、頷く陽菜の本心も、アズサはうかがいかねる。

ただ……陽菜がずっと握っていた手の中で、何かが砕けた音がした。

「さて。では帰ろうか」

「……お父様、最後に」

くるっと振り返った陽菜が、アズサに向き直る。

渋面を作ったアズサが、軽く手を上げた。

「……また明日」

そう言うと、陽菜は柔らかく微笑んだ。

「さよなら」

†

「で、信じたのか？」

「信じるわけないでしょ」

トレーニングルームで、アズサは征人に今日の話を打ち明けていた。

腕を組み、アズサは悩む。

表向きああもあっさりやめると言われては、アズサとしても身動きが取れない。

やめてくれたやったー、で済めばどれほど良かっただろうか。

どうしても、あの当主の言葉を本心だと思えないアズサだった。

「嫌な目してたのよね」

「というと？」

「……」

異世界で何度も見た瞳だった。己の利益だけを考えている目とでも言おうか。

魔族は言わずもがな、国王をはじめとした人間だってそういう目をした者はいた。

「……それにしても、意外だったな」

「何が？」

「お前がこうして、俺に全部話すのが、だ」

「え？　そう？」

きょとんとするアズサに、むしろ征人が困惑した。

アズサとて、一族の悲願が秘匿《ひとく》されるものであることは、分かっているはず。

夕妃が黙っていたのもそれが理由だ。だというのに、アズサときたらトレーニングルームで開口一番「ねえ聞いてよ」だ。

「だってあんた、一緒に戦うって言ってくれたじゃない」

そのあっさりした言葉に、思わず征人は口を噤《つぐ》んだ。

そして、大きくため息を吐いた。

「……ずるい女だな、お前は」

「なんで!?」

「黙れ、もういい。分かった。お前が信をおくこの俺が、ここで引くことはない」

ひどい悪女だと、征人は首を振る。

征人は征人で名家の次期当主だと、目の前の女は、分かっているのだろうか。

悪女は何がなんだか分からずはてなマークを浮かべていた。

「あたしが悪いの……?」

「……話を戻すぞ。不死川の当主は相当な腕利《うでき》きであると同時に、魔導にもかなり精通している。子どもの素人《しろうと》考えでどうこうできるものではない」

「あの当主……あんたの上司でしょ」

「そうなるな。腕に関しては申し分ないが」

「気になるのよね。気になる以上のことが何も言えなくて、すごくもやもやしてるんだけど」

「……アズサが何を言いたいのかは、俺には分からんが」

ただ、と征人は告げた。

「少なくとも一族の悲願とは、そうあっさり翻《ひるがえ》せるものではない」

アズサの危惧《きぐ》は正しいと、征人は肯定する。

「大規模な儀式ならなおさらだ。こういう言い方はお前は好まないかもしれないが……そのために不死川も多くの調整を受けているはずだ。その役目が決まってから、何年も」

——役目。

その言葉で、アズサも思い出す。

もとはと言えば、陽菜は征人の許嫁であったことを。

「うぐ……あんたが婚約してれば……」

思わずぽつりと零した。

「その場合は、俺とあいつの間に出来た子供を捧げるつもりだったのだろうな。これは推測だが、不死川陽菜の〝神の器〟としての適性が、既に十分だったと分かったのではないか」

「どういうこと……？」

「条件を詳しく知っているわけではないが……アズサ、お前も遺伝子組み換えという言葉くらいは知っているだろう。魔法の力もあれと似たようなものだ。血統を重視するからこそ、名家は名家のままでいられる。魔法の才がある者同士が結ばれれば、その子供はより優秀な魔法使いになる……可能性が高い。それと同じだ」

「神の器とやらの適性も、血統で作るもの……？」

「おそらくな」

難しい顔で、征人も頷《うなず》いた。

アズサが彼の横顔を見れば、ちゃんと陽菜を案じてくれている様子。

これまでの学校生活を振り返っても、最近の陽菜を認めていたのかもしれない。

押し黙るアズサに、ぽつりと征人は告げる。

「それを裏付ける理由はもうひとつある」

「えっ？」

「……言ってなかったが、許嫁《いいなずけ》の解消は不死川から言い出したことだ」

「あんたじゃなかったの？　あたしてっきり、偉い家の方からしか言い出さないものかと」

「本来はな」

腕を組んで、征人は鼻を鳴らす。不愉快だった思い出に渋面《じゅうめん》を浮かべて、彼は語る。

「家の悲願の前では、位の高い家に反感を喰らうこと程度なんともなかったのかもしれん」

「……じゃあ結構傷ついた？」

「バカなことを。どうでも良かった。小学六年生だぞ、許嫁など煩《わずら》わしいだけだった」

「六年生……」

では、陽菜はその幼いみぎりに、己の寿命《じゅみょう》を宣告されたのか。

アズサは彼女を思って視線を落とした。

それはどれほどの苦痛だっただろうか、と。

あの天真爛漫《てんしんらんまん》な笑顔を友達に振り撒《ま》いていた裏側で、彼女は――。

と。

「ああ、そう。そうなのね」

「……アズサ？」

そっと、自らの胸に両手を当てる。目を閉じれば、ようやく思い出せた。

「……あの日、珍しくシナヒナは暗くてね。友だちの集まりにも顔を出してなかった」

アズサも荒《すさ》んでいた時期だ。親は敵でしかなかったし、友達もいなかった。

強《し》いて話すとしたら、それはたまにひとりでいる時の陽菜だけ。

向こうはその頃から、友達と思ってくれていたかもしれないけれど、アズサにとっては手の届かない眩《まぶ》しい世界の人間に過ぎなかった。

そんな遠い世界の少女が、珍しく孤独だった。

†

その日もアズサは独り、学校にもいられず家にも帰れず、近くの河原でしゃがみこんでいた。

ただ夕日が沈むのをじっと待つ。それだけの時間。

陽が沈むよりも先に影が差し、幼いアズサは顔を上げた。

そこには、見たこともないような蒼白に自らの顔色を染め上げた、不死川陽菜が立っていた。

気づけば隣にしゃがみこんでいた幼い陽菜は、ぽつりと呟《つぶや》く。

「もしも数年後に死ぬと分かったらどうしますか？」

その問いは、きっと当時の彼女にとっては切実で、どうにもならない恐怖と共にあったのだろう。だが、それはアズサにとっては何も響かない言葉だった。

鼻で笑って、頬杖《ほおづえ》をついて。そんなことで悩むなんてお嬢様は羨《うらや》ましいと、当時のアズサはただ告げた。

「あたしはべつに明日死ぬかもしれないし、むしろ寿命教えてもらえた方がありがたいわね。それまで好き放題生きてやるわ」

彼女が背負っているものには気付かないし、気付けない。

自分のことだけで、精一杯だった。

†

あの頃は全てに投げやりだったからこそ、覚えていなかった。

いくつかの会話のうちのひとつでしかなかったから、忘れていた。

でも、今なら分かる。あの日がきっと――彼女が己の寿命を知った日だ。

「……不死川は、それになんて返したんだ？」

「驚いた風だったわね。あたしは、住む世界の違う幸せなやつとしか思ってなかったけど。あの子は笑って……そっか、ありがとう、って」

その時の陽菜の想いはきっと――。

ふ、と自嘲《じちょう》気味に笑ってみせれば、征人は大きく息を吐いた。

「寿命を受け入れ、それまでを楽しく……なるほど。あいつがこの数年間、それを果たせたかは分からないが」

なんで気付いてあげられなかったのか、思い出せなかったのかと目を伏せるアズサの肩に、征人は手を置いて言う。

「少なくとも、このひと月のあいつは、間違いなく楽しそうだった」

「……あたしは」

顔を上げたアズサの瞳に、僅《わず》かな潤みを見て。征人は首を振る。

「その続きは直接言ってやれ。少なくとも――あいつはまだ、儀式を受け入れる気だ」

「っ」

はっとしたように、アズサは目元を拭《ぬぐ》う。

凹《へこ》んでいる場合ではない。

「うん。別れる時のあの子……あの日と同じ顔してたから」

決意を固めたアズサの目をまっすぐ見つめて、征人も頷く。

「不死川邸は現代魔法の粋《すい》を極めた防護結界が張ってある。もしもの時は、破れるか？」

「現代魔法の、粋ね」

ふっと強気に笑って、アズサは髪を払った。

「大丈夫、任せて。あたしには……現代魔法をぶち壊す、あたしだけの魔法があるから」

そう口にすれば、もうこれ以上言葉は不要だった。

征人は振り返り、言った。

「不死川邸に、案内してやる」

# 12 現代魔法をぶち壊す、あたしだけの魔法

今宵《こよい》は、満月。魔力の最も強まる夜だ。

古屋敷の庭は広く、白い砂利《じゃり》が埋め尽くしている。

その上に注連縄《しめなわ》がぐるりと、渦《うず》を巻くように取り囲むこと三重。

砂に描かれた文様は、一言一句違《たが》えてはならぬ祝詞《のりと》。

完成された儀式場が、そこにあった。

「分からんな、陽菜《ひな》」

円の中心で、ふたりの人影が向き合っている。

ネクタイを締め直す当主不死川供骨《しなずがわきようこつ》。

その正面には、巫女《みこ》装束《しようぞく》を纏《まと》った純白の少女不死川陽菜。

「何がでしょうか、お父様」

「お前は、儀式に耐えうるぎりぎりの若さ……十八でこの儀式を迎えることを望んでいた。だというのに今、ほぼ三年の月日をふいにすることを選んだのだ。私はそれが理解できないと言っている」

「……そうですか、分かりませんか」

一度目を伏せた陽菜が、緩く首を振る。

「お父様が選べと言ったようなものですよ」

「……私は、琴野《ことの》アズサを殺せと言ったはずだが」

「その理由は、いずれ儀式の邪魔になるから。であれば、わたくしの答えはひとつですわ」

慈《いつく》しむように、そっと両手を胸に当てる。

魔法の家に生まれ、脈々と受け継がれてきた悲願から目を背けることはできない。

かといって。

「わたくしが今日まで生きることができたのは、アズサさんがいたからです」

「なるほど？　つまり、義理か？」

「いいえ？」

否定とともに、まっすぐに供骨を見上げた。

月明かりに照らされた陽菜の瞳が、静かにきらめく。

「アズサさんは、ようやく楽しく生きられると言ったんです。かつて、あれだけ荒《すさ》んでいたあの人が……ようやく」

かつてのアズサを、覚えている。魔法を会得《えとく》した時も、決して楽しいばかりではなかったと言っていた。彼女はこの学校に来て、ようやく人生が楽しいと思えるようになったのだ。

「恩返しというには、いささかこちら側の事情に巻き込みすぎてしまってはいますが……これがわたくしにできる精一杯」

「そうか。……つまり、お前の神が、あいつか」

面倒なことをしてくれた、と、供骨は表情を歪めた。

「神……？」

「お前がやつの信頼を勝ち取ったかどうかを聞いた時、私は思い違いをしていた。考えるべきは、やつがお前の信頼を勝ち取ってしまっていたかどうか、だったようだ」

「それであれば……ずっと前から」

「……まあ、いい」

供骨は首を振った。儀式の前倒しは、決して簡単なことではないが。準備は整いつつある。

それに、神降ろしの儀は供骨にとっても積年の悲願。

「急ぎの状況で、儀式は万全とは言い難いが……良いだろう」

溜め息交じりのその台詞《せりふ》に、陽菜は問う。

「お父様、ひとつ聞かせてください」

「なんだ？」

「どうしてそこまで、アズサさんを……危険視するのですか」

悲願に対して、万全とは言い難いという準備でも儀式を強行する姿勢。

陽菜の申し出をあっさりと受け入れ、今日儀式をする理由。

満月という状況が後押ししたとはいえ、と陽菜は思う。

だが、その返答は至極《しごく》あっさりしたものだった。

「それを、お前が知る必要はない」

ただ一言そう告げて、供骨は黒い手袋越しに陽菜の額に手を翳《かざ》した。

「眠れ」

「……お父、様……」

琴野アズサを警戒する理由は、最後まで陽菜に分からないまま。

彼女は儀式場の中央に、静かに眠り横たわった。

†

「当主様、なぜこのような強行を！」

「黙れ、お前たちには分かるまい」

純和風屋敷の不死川邸。その縁側を歩く供骨に、老人たちが追いすがる。

壮年の供骨よりもはるかに歳《とし》をとった老人たちが、当主に困惑を訴えていた。

「……儀式が全て破壊される可能性が生まれてしまった。だからだ」

「で、ですからそれはどういう」

「――お前たちが知る必要もない」

この一点張りに、彼らは顔を見合わせるばかり。

儀式のためにかき集めた人数も、日取りによる魔力の恩恵も、諸々《もろもろ》の準備も、予定通り行う儀式より、あまりにも足りていない。

当然だ。悲願のために何百年と掛けてきたのだ。

それが突然、この七、八割の条件で執《と》り行うとなれば。失敗したらどうするんだ、これまでの努力はどこへ、そう混乱が生まれるのは致し方のないこと。

あとたった三年準備すれば、完璧《かんぺき》な儀式が執り行えたのだからさもありなん。

ただ一言彼らが聞けたのは、儀式が壊されるという言葉だけ。

まるで外的要因による妨害工作だ。

「不老不死の悲願を、いったい誰が邪魔するというのです」

「……そうだな。不老不死の悲願、か」

「当主様？」

僅かに、老人たちを供骨は見つめた。

いつも彼らが見る、冷たい瞳。

「いや、なんでもない。これより神降ろしの儀式を始める。陽菜は？」

「はい、既に用意は」

供骨が本庭の方を一瞥《いちべつ》すれば、既に徹夜で準備された儀式場。

そしてその中心に眠らされているのが、巫女装束を纏った不死川陽菜であった。

「私の決定に文句を言わないのは、年若い我が娘だけか。嘆《なげ》かわしい」

「そうは言いましても」

なおも食い下がる老人のひとりを、ぎろりと供骨の瞳が穿《うが》つ。

そして。同時。

「くどい」

「があああああああああああああああああ！」

鋭い悲鳴が上がり、老人たちが慌ててその場から距離を取る。

下手人《げしゅにん》は見るまでもなく供骨。アギトのように開いたその手から、黒い靄《もや》のようなものが溢《あふ》れている。

苦しさに呻《うめ》き喉《のど》を押さえのたうち回る老人は、しばらくして動かなくなった。

一瞬、静まり返る廊下《ろうか》。

次はお前たちがこうなるぞとばかりに、供骨は周囲を睥睨《へいげい》する。

「お前たちの存在価値もまた、この儀式のためだ。黙って配置に付け」

「は……はっ」

あの老人とて、不死川家にずっと尽くしてきた魔法使いだ。

それをあっさりと手にかける供骨の圧に、誰しもが気圧《けお》されてしまったのだろう。

慌ててばっと散開する老人たちを見届け、供骨は大きく息を吐いた。

「ああそうだ……私の悲願が、勇者などに邪魔をされてたまるものか。まさか、器《うつわ》とあのような関係になっていようとは」

――不死川供骨は知っていた。

琴野アズサという名前。その魔力量。実際に二度の魔族襲来で観測した力量。

間違いなく、勇者であると。

「アズサを殺《あや》めれば、お前の命は助かるとまで言ってやったにもかかわらず。度し難いことだ」

嘆息《たんそく》。すると、近くの付き人が目を見開く。

「……なんと。そのような者が」

「嘘に決まっているだろう」

ふん、とひとつ供骨は鼻を鳴らした。

不死川陽菜は、完成された神の器。そうやすやすと、代替品《だいたいひん》など存在しない。

それがたとえ、異世界の勇者姫であったとしても。

と、弾かれたように供骨は顔を上げた。

「結界がっ」

不死川家全体に張られた至高の結界。魔力を内側に溜めこみ、周囲の干渉を阻害《そがい》する結界に、ぴしりと亀裂が入る。

ついで、どんと地響き。

発生源はすぐに分かった。

供骨が慌てて上空を見上げるのと、突然の状況変化に親族たちが助けを求めるのは同時。

そして、上空で誰かと目があったのも同時だった。

「……ばかな、なぜもう」

ガラスのように叩き割られた結界の破片は、供骨のところまで落ちてくるより先に魔力の残滓《ざんし》となって解けて消える。

ふわりと舞い降りる影は、その黒く美しい髪を空に靡《なび》かせて周囲を見据えた。

「ごめんなさい、派手なノックで。聞こえてなかったみたいだから」

「琴野、アズサ……！」

昨日会った時とは全く違う、憎々し気な瞳でアズサを見据える供骨。

動揺《どうよう》する不死川の魔法使いたちが、当主に向かって叫ぶ。

「な、なんですか、魔族ですか⁉　至急、三足烏《サンソクウ》の方へ——」

「無駄だ」

アズサを見据えたまま、供骨は言う。

「ザコの頭数がいくら増えたところで無意味だ。とにかく儀式を始めろ！　今すぐに！」

「は、はい！」

陽菜が眠る広い本庭。その注連縄《しめなわ》の周囲をぐるりと数十人がかりで魔法使いが取り囲み、ほんのりと魔力が練《ね》り上げられ始める。

「どういう状況。シナヒナは？」

「お前を選び、死ぬことを選んだ。全く、無駄なことを」

「……あたしを選んだ？」

「お前が生きている限り、儀式は決して為されない。それを私はよく知っていた。案《あん》の定《じょう》、これだ。だからこそ……陽菜にはお前を処理するよう伝えたのだがな」

「あきれた。陽菜にそんなことできるわけないじゃない……！」

「そのようだ。陽菜の代わりに勇者姫……お前を生贄《いけにえ》にできるとまで言ったにもかかわらず」

そう、憎々し気に睨《にら》まれて。アズサは大きくため息を吐いた。

「……なんていうか、もう隠す気がないわね」

ふぁさっと髪を払って、アズサは空から供骨を睥睨する。

「……あんた、あたしのこと知ってるんでしょ」

「……ああ。同胞からよく聞かされているとも」

「その目、ずーっと考えてたんだけどあれだわ。やっぱり、魔族のそれね。どうやって擬態《ぎたい》して、三足烏にまで入ってるのかは知らないけども」

供骨はちらっと、不死川の魔法使いたちを一瞥した。

当主を信じ、念願の儀式に集中し始めた彼らに、今の自分たちの声は聞こえない。

だったら、と。供骨は大きく腕を広げた。

これまでの苦労が結実するその瞬間を待つように。

「……ふ、はは。ああ、そうだとも。……長かったよ、長かった」

笑いながら自白を始めた供骨に、アズサの片眉《かたまゆ》がぴくりと動く。

「人間の味方をするのもずいぶんと苦労した。何度も転生を繰り返した」

「転生……やっぱり魔族は転生するのね」

「そうだとも。それこそが我が神の恩恵……そして！」

誰も聞いていないからこそ、高らかに彼は告げる。

「必要なのは我らが神の降臨だけ！　不死川の悲願など、私にはどうでもいい！」

魔法使いたちが聞いていれば、目を剝《む》いて卒倒する発言だろう。

そして或いは、その最大の犠牲《ぎせい》になろうとしている陽菜にとってもまた。

彼女がこのまま消えゆくことになるなら、あまりに報われない。

「……ふう」

アズサは小さく息を吐いた。魔族のやることなすこと、いつもいつも苛立《いらだ》ちを覚えた。

だがここまで腹立たしいのは久々だ。あれだけよくしてくれた友人が、魔族の意のままに操られ死んでいく構図を見せつけられた。

「聞いてもいいかしら」

「？　一向にかまわんが？」

「なんで魔族が不死川の当主になれてんの？」

その問いは、供骨にとっては意外だった。

陽菜の話や、神降臨の儀に関わることではなく、なぜか今供骨のことを聞きたがる。

「……この期に及んで些末《さまつ》なことを。私のような高位魔族であれば、人間に擬態するなどそう難しくはない。そして……実在する人間に成り代わるだけ、だろう？」

「……陽菜の父親は」

「？　私が陽菜の父親だが？　あの娘の親となる前から、私は既に不死川供骨であったゆえ。いや、苦労したとも。最善の器を作り出すのは」

己の苦労を思い返すように頷《うなず》く供骨。

──供骨からすれば、この状況もまた幸運と言えた。全てを破壊するあの勇者姫アズサが、供骨の事情を聞きたがって会話を試みているのだから。

「なるほどね。……魔族が人間に成り代わる事例は、校長先生に報告しないとね」

「はっ……そんな余裕は果たして存在するかね。もうじき、神降臨の儀が終わるというのに」

供骨は笑う。

詠唱《えいしょう》も終わるだろう。不死川家の魔法使いたちによる魔力の充塡《じゅうてん》も十分に──。

「時間稼《かせ》ぎしてるとこ悪いんだけど」

と、声。弾かれたように供骨は儀式場の方へと目をやった。

おかしい──魔力量が、増えた気がしない。

「あたしはただ、あんたみたいなのが今後も湧いて出てこないように、あんたに情報を吐かせたかっただけ」

「何が……何が起こっている!?」

儀式場に広がる魔力は、確かに魔法陣に吸い込まれているはずだ。

注連縄でもってぐるりと渦《うず》を巻くように作った魔法陣に。

──渦を巻く？

「……な、なんだあれは！」

「残念だけどね、魔族。あたし、あの時と違って、ひとりじゃないから」

魔法陣に重なったその渦は、儀式場の魔力を延々と呑《の》み込んでいる──。

「こ、この魔法はッ……まさか！」

「いい加減あんたをぶっ殺さないと、後からめちゃくちゃ文句言われそうね。あの魔法、大変らしいし。最近あいつ、凄《すご》く頑張ってるけど」

アズサは嘆息して、腕を振る。

「ありがとう、色々教えてくれて。もう、良いわ」

「きさっ──」

供骨が何を口にするより先に、鋭い光線が供骨の眼前に迫る。

「ぐ、おおおお!!」

供骨は反射的に魔法を放った。先ほど老人を殺めたのと同様の黒い靄が、その見た目とは裏腹に四方八方から凄《すさ》まじい勢いで光線に向かって殺到した。

──詠唱のない魔法。異世界の代物《しろもの》だ。

「ああ……うん。なるほど。醜悪ね」

「黙れ……！」

しゃにむに魔法を繰り出したからだろうか。

供骨の姿は、異形《いぎょう》のものへと変貌《へんぼう》していた。

うぞうぞと動く漆黒《しっこく》の影。赤い瞳がふたつ、その中でぎろりとアズサを見据えている。

「おのれ……やはり全ての邪魔をするのが貴様か、勇者アズサ……！」

「邪魔なのはあんたの方よ。——よくもまあ、陽菜を苦しめてくれたものね」

ばっとアズサが手を払うと同時、その軌跡上に光の玉が幾つも現れる。瞬間それらは全てレーザーとなってまっすぐに供骨へと殺到した。

ただただ殺意を込めた、魔族を殺すためだけの魔法。

「この——ようやく我が神にお会いできるという時に!!」

「知るか」

影が触手を伸ばすように、次々にレーザーと打ち合っては相殺《そうさい》して消えていく。

「こちらの世界で何十年もかけたのだ!!　人間の味方をしてやるのも苦労した！　何人もの同胞《どうほう》を手にかけた！　多くの家で試行錯誤《しこうさくご》を繰り返し、ようやく……ようやく！」

「あんたのゲームに付き合って、夢を潰されたり、命を弄《もてあそ》ばれた人間の方がよっぽど多いでしょうよ。何が苦労だ。——あたしの世界に、あんたの努力なんてなんの価値もない！」

アズサが叫ぶと同時、弾幕が如く張られる光線。

目を瞠《みは》った供骨が慌てて影を伸ばす。

分かっていた。あの光線にぶち当たれば、問答無用で消滅する。

琴野アズサがあの世界で練《ね》り上げた、どんな魔族も殺傷する切り札でありメインウェポン。

「──残念だけど、ゲームセットよ」

供骨は、怯《おび》えていた。勇者姫という存在に、最初から。

彼に後悔があったとすれば、勇者姫がこの世界の出身だと知らなかったことだけ。

でなければ予定を大幅に早めて儀式を実行などしない。

三足烏としてアズサに会うことも拒《こば》み続けた。

だからこうして、どうにか儀式までたどり着いたというのはある。だが。

「あたしはひとりじゃないって言ったはず」

「吉祥院征人《きっしょういんまさと》だろう、だがやつはまだ私の敵では──」

そう口にするよりも先に、視界の端に入る──砕かれた儀式場。

「……全く。人使いの荒い」

儀式場の渦は、いつの間にか消えていた。

それればかりではない。儀式場の魔法使いたちは昏倒《こんとう》し、既に魔力は霧散《むさん》している。

吉祥院征人がただひとり、最後の魔法使いを下して肩で息をしていた。

儀式は、頓挫《とんざ》した。

「あ、が」

今度こそ供骨は表情を歪めた。

終わった。何もかも。

「チェックメイトよ。静かに死になさい」

まっすぐにこちらを見据えるアズサに、供骨は凍り付く。

特大のレーザーが充塡され、今にも供骨に向けて放たれるその時。

供骨は、笑った。

「は、はは。はははははは！」

影が自らの額らしき箇所《かしょ》に当てられて。高笑いする供骨。

全てがぶち壊されてやけになったような、そんな哄笑《こうしょう》。

供骨はふっと表情を消すと、胸に手を当てる。

「できればお会いしたかった。だが――たとえそれが叶わないとしても！」

「っ、なにを」

供骨が儀式場へと突貫する。高らかに己の望みを謳《うた》いながら。

「貴様にはどうにもできまい、これがこの世で現在まで磨き上げた魔法の総仕上げ！　足りない魔力は――自らで補ってみせよう！」

すぐさまアズサは何かを察した。

「吉祥院！」

「なん――」

征人がその場を飛びのくと同時、突っ込んでくるおぞましい影――供骨。

それに追い縋《すが》るようにぶち当てられたアズサのレーザー。

凄まじい爆発音を立てて、もうもうと煙が立ち込める。

昏倒していた魔法使いたちはたまらず吹き飛び、不死川邸や塀《へい》に叩きつけられる。

「……アズサ！　何が！」

暴風を耐えながら叫ぶ征人に、上空のアズサは表情を険しくする。

「……まずいかも」

「何がだ！」

「魔族は死ぬと、魔力の残滓《ざんし》になって消えるわよね」

「……まさか」

砂塵《さじん》の中――迸《ほとばし》る強烈な魔力。

「シナヒナ!!」

ゆっくりと。ゆっくりと、ひとつの小さな身体《からだ》が宙へ浮き上がる。

「ちっ……すまん、ぬかった」

立ち上がろうとする征人だが、がくんと力なく膝をつく。

それを見て、アズサは首を振った。

神を降臨させようとするほどの膨大《ぼうだい》な魔力を魔法で吸い切り、そのうえで不意打ちとはいえ格上の魔法使いたちを相手にやりあったのだ。

征人がどれだけ力を尽くしてくれたかは、分かっている。

ゆっくりとアズサは首を振って、一歩を進めた。

「あんたは頼りになったわ。……あとは、あたしがどうにかする」

「……できるのか」

「できるわ。……何度だって、できないかもってことをどうにかしてきたのよ」

征人に強気に笑ってみせると、征人は悔《くや》しそうに呟《つぶや》く。

「──儀式は絶対に完全ではない。隙《すき》はあるはずだ」

それでも諦めないと、征人はアズサを見据える。

「ん、おっけ」

その瞳に頷き、征人を信じてアズサは地面を蹴《け》った。

「──シナヒナ！」

叫ぶ。

視線の先には、目を閉じたままの陽菜。手を組み、献身的な聖女のよう。

「あ……」

その目が静かに開かれる。

アズサは察した。その瞳が──陽菜のものではないことを。

視線が交わると同時、陽菜の皮を被《かぶ》ったナニカの口角が愉悦《ゆえつ》に歪む。

まるで獲物を見つけ、虐《しいた》げる喜びに塗《まみ》れたように。

「lpf♪」

「っ……！」

そっと陽菜が指先をアズサに向けたその瞬間、爆発的な魔力をアズサは胸元で感知した。

「このっ!!」

あえて身体を逸《そ》らしてから、得意の反射魔法を張った。瞬間、爆発。

陽菜に打ち返さないよう配慮《はいりょ》した彼女のカウンターが、ガラスのように砕ける。

「ぐ、ぁ！」

勢いを殺しきれずに弾かれたアズサが宙を舞う。体勢を整えながら陽菜へ目を向け、アズサは歯嚙《はが》みした。

「楽しそうね……！」

「ｒｒｃｋ♪」

「くっ!!」

何かが来る、と思うと同時、アズサの身体を急激な脱力感が襲う。

魔力をごっそり持っていかれた、とすぐに気づいた。

「悪趣味な魔法……神らしいわ」

「ｗｋｈ、ｋｋｓｎ？」

ただ指先でアズサを示すだけ。楽しそうに口角を吊り上げた姿には悪意すら見えず、ただ無邪気にアズサを弄ぶさまはまさしく――アズサの知る神。

ぐるんと首を傾《かし》げるさまは人のそれではなく、それが間違いなく神降ろしに成功してしまったことを裏付ける。

「――アズサ！」

「不完全は不完全よ……本当に神なら、あたしに通じる言葉で嘲笑《あざわら》ってるわ！」

どんどんどん、と陽菜がアズサを指さす度《たび》に爆発が起きる。この魔法はアズサが起点になっているようで、避けるという概念《がいねん》が通用しない。

ただひたすらに目の前にバリアを張って凌《しの》ぐだけの時間が続く。

アズサなら、何かできることがあるのではないか。

そんな征人の声に、アズサは押し黙る。

「アズサ！」

「……ごめん」

零《こぼ》れたのは謝罪だった。

一瞬だけ征人と目があったアズサは言う。

「考えてる、考えてるけど――あたしには誰かを傷つけるか、自分を守る以外の魔法がない」

「……！」

対象が陽菜であることが、アズサにとってはクリティカルだった。

「シナヒナっ……！　あんた、神なんかに負けんじゃないわよ！」

敵を殺《あや》める魔法以外にアズサが持つ魔法といえば、妨害をするための魔法くらいだ。

己の意識を洗脳されないための魔法、相手の足場を奪う魔法。

結局どれも、自分ひとりで戦うことばかりを想定したもの。

だからこそ――。

「ｌｐｐｆ♪」

「ぐっああ!!」

じり貧だった。

諦めないという心はある。そのための策も、ひたすら考えている。

しかしそれでも――。

「ｌｐ――」

「だったら諦めろ！」

征人の叫びに、思わずアズサは振り返る。それは陽菜を諦めろということかと、そう思うより先に征人は吠えた。

「今勝てないのは、仕方がない。神に勝とうとするな！　そいつの中から追い出すんだ！」

「――！」

今勝てないのは仕方がない。ある種諦めにも似たそれは、むしろ征人がアズサとの戦いで得た思考だ。いつか勝つことを信じて、今は今の自分にできる限りのことを。

「じゃあどうするの！」

征人もほとんど魔力《まぎ》切れ、アズサもじり貧。そんな状況で、打開策も何もあったものではない。アズサが苦し紛れに征人を見れば、しかし征人は僅《わず》かに笑った。

「……吉祥院？」

「お前が俺を頼ったように。もう、ひとりで戦おうとは思わない」

なにを、と目を瞠《みは》ると同時のことだった。

周囲から、複数の魔力反応――！

「三足烏、これより戦闘に突入する！」

「無事か吉祥院！」

「そしてまたその嬢ちゃんか！」

弾かれたようにアズサが顔を上げる。見覚えのある隊服を纏《まと》った、強力な魔力反応を感じさせる大人たちが次々儀式場に飛び込んでくる。

「――これは」

「俺は三足烏の隊員だ。有事の際に通報するのは、当然だろう」

不死川邸を訪ねるだけのはずが、こんなことになってしまったのは想定外。

事ここに至って、征人なりに諦めず探った戦う手段は、仲間を頼ることだった。

思わずアズサの口元も緩んだ。

「頼りになるわね」

「惚《ほ》れたか？」

キメ顔の征人に応えたのは、しかしアズサではなく。

「ようやく吉祥院からきちんと連絡が来るようになったな！」

「いつもいつも独断専行《どくだんせんこう》しやがって！」

隊員たちの軽口と、不快そうな征人の表情に、思わずアズサは笑った。

「あはは、残念ながらまだまだね！」

「ちっ」

そんなやり取りに割り込むように、ひとつの影が舞い降りる。

「本当にもう、独断専行はこれっきりにしてほしいものだよ！」

「森本《もりもと》先生!?」

大きく息を吐く森本は、一度アズサを怒ったように睨《にら》むと、それから首を振った。

「これは私たちの失態だね。まさか……不死川供骨が」

神に乗っ取られた陽菜を見据えて、森本は嘆息《たんそく》する。

「森本先生、どうすればいいですか」

征人が問うと、森本は頷《うなず》いた。

「三足烏総出で神を送還する。ありったけの魔力をつぎ込んで、逆詠唱《ぎゃくえいしょう》だ」

「……そうか！」

何かを理解したように征人はアズサに向けて叫ぶ。

「召喚陣なら、逆詠唱で戻すことができる！　神を追い返すんだ！」

「！」

そういうことか、とアズサも理解した。

そう考えればこれは、自分が異世界から帰還した時と、同じ状況。

だったら自分の仕事は、三足烏の邪魔をさせない露払《つゆはら》い。そう意識を固めたところで、森本から待ったがかかる。

「だがこのままだと、不死川くんの身体も持っていかれてしまう」

「！」

森本は考える。

「術式をいじっても……仕方ないか」

顔を上げて、森本は叫んだ。

「琴野くん！」

余裕のないアズサが視線だけを一瞬森本に向ける。

「不死川くんの心を守ってあげてくれ。きみならできる」

「えっ……」

アズサが目を丸くした。

心を守る。アズサの魔法に、誰かを守ることができるような魔法は無い。

あるとすれば、それは自分を守ることだけ――。

「それは違うよ、琴野くん」

まっすぐにアズサを見据える森本の瞳にあるのは、信頼だった。

「キミは、ひとりで戦うしかなかった。だから、それでいいと思っていただけだ。誰かを守ろうと思えば、守れる。大丈夫――魔法は、解釈次第だよ」

「……！」

目を見開くアズサが、己の胸をぎゅっと摑《つか》んだ。

後ろから、三足烏の面々の声がする。

「背中は任せろ！」

「事情は分からんが、大人はキミたちの味方だ！」

「ここには仲間がいる！」

——かつてとは違うのだと、アズサも痛いほど理解して。

「行くぞ、琴野くん」

「……はい！」

アズサと森本が頷き合い、森本は自らの膨大《ぼうだい》な魔力を儀式場に叩き込んだ。

やにわに膨《ふく》れ上がる魔力に、陽菜が身体《からだ》ごと引っ張られる。

「ｐｐｆｔ!?」

「……あたし自身を守る魔法でしかない。だけど、あたしの心を守ることはできる。だから」

儀式場に吸い込まれていく陽菜の身体に、アズサは追いすがった。

落下直前の陽菜をむんずと捕まえて、抱き留める。

「——あの日言ったこと、ちょっと訂正《ていせい》させてよ」

勢いよく落下しながら、アズサは己の魔法を使った。

「あたしはべつに明日死ぬかもしれない……それはそうよ。でもね」

そう告げると同時、額と額を合わせて。

「もうあの日とは違う。寿命《じゅみょう》なんて誰にも決められたくない！　あたしにはもう、生きたい理由があるから！　悪いけど、あたしが生きたいと思う理由に、死なれちゃ意味ないのよ！」

アズサの魔法がきらめくと同時——送還の魔法陣が強く強く輝いた。

# 13 幕引き

「魔法というのは解釈次第でいかようにも広げられるものでね。古来より伝承が広まったのと同じで、これはAで、Bでもあると考えることで、魔法というのは広がってきた」

荒れ地同然となってしまった不死川《しなずがわ》邸の本庭で、森本《もりもと》はまるで授業のように教鞭をとって言った。

「前に、言ってましたね」

そしてアズサ自身も、征人《まさと》の渦の魔法の認識を変えることで、魔法を吸い込み吐き出すこともできる形にした覚えがあった。

「だからキミが自分にしか使えないと思っている魔法だって、いかようにも使えるんだよ」

「……どうして気が付いたんですか？　それができるって」

「キミはひとりを強《し》いられていただけで、ひとりが好きでもないし。どれだけ〝自分〟というものを拡大解釈できるかは、相手をどれだけ自分のことのように思っているかだ」

穏やかな表情で、森本は軽くウィンクした。

「もちろんそれが、現代魔法ではないキミだけの魔法であったとしてもね」

「そう言語化されると、なんかちょっと恥ずかしいんですけど」

「恥ずかしいことなら今目の前でしてるしねえ」

笑いながら、森本はアズサを見て言った。

アズサは意識を失った陽菜《ひな》をただ抱きかかえているだけだ。

ただ……その腰に、意識のないはずの陽菜の腕がぐるっと回っているだけで。

「まあ……離さないでいてくれるということで」

「そうだね」

「この子、大丈夫なんですよね？」

「ああ。きちんとチェックもした。だから心配しなくていい。……心配するべきはむしろ今の大人の体制だね……まさか魔族が紛《まぎ》れ込んでいるとは」

「ふしあなー」

「いや、おっしゃる通り」

申し訳なさそうに頭を下げる森本に、アズサは首を振った。

「いえ、良いんです。むしろ、助けていただいてありがとうございました」

「……もっと怒ってもいいんだけど。相変わらずそういうところ、琴野《ことの》くんは優しいね」

「そうですか？」

優しい人間は魔族殺すって連呼しないと思うけど、とアズサは首を傾《かし》げた。

そんなアズサに少し笑いかけて、森本は背を向ける。

「そういうわけで大人の後始末をしてくるよ。不死川さんのことは、頼んだからね」

「はい」

ぺちぺちと、森本が歩き去っていくのを見送って。

ぼろぼろになってしまった縁側に腰かけて、アズサは陽菜の目覚めを待った。

「……アズサ、さん？」

「目、覚めた？」

「……はい。お恥ずかしながら」

「何を恥ずかしがることが」

うっすらと目を覚ました陽菜の瞳の色は、しっかりと元に戻っていた。

「……わたくし、先ほどまでのことは全部、覚えていますの」

「！」

つまるところ、神に乗っ取られている時の記憶があるということで。

アズサは少しほっと胸をなでおろした。

「良かった」

「な、なにが良かったというのですか！　わたくしはあんなにアズサさんを！」

「変にシナヒナが罪を背負うようなことにならなくて良かった」

「アズサさんを傷つけたのは大きな罪ですわ……」

しょぼしょぼと口元を萎《しぼ》ませて、申し訳なさそうに陽菜は口にした。

「残念、謝るのはそこじゃない」

「えっ……」

「あたしは一緒に居たかったんだけど、シナヒナはそうでもなかったらしいことが、あたしが一番傷ついてるかなー」

「そ、そんな！」

冗談めかしてそう言えば、陽菜は慌てて反射でそう口にしたあと。

少し黙って、目を伏せた。

「わたくしは……ただそうあれと言われて生きてまいりました。それが突然無くなってしまって……そもそも、不死川家の悲願とわたくしの役目すら違うと言われて……」

「うん」

「わたくしは……もう、どうすればいいのか」

「役目、か」

アズサは少し目を細めて、空を見上げる。

先ほどまでの混沌《こんとん》とした状況が嘘のような、青い空。

「あたしもね、役目ってのがあった。でもそれがなんもかんもなくなって、どうしようって思った時に、空見上げたらね。とりあえず、明日も生きてこって思ったわ」

「空……」

釣られるように、空を見上げた陽菜。

「したらやりたいことも出てくるかもってさ」

「アズサさん……」

アズサはそこで、いたずらっぽく笑った。

「ま、そんなこと言わなくても、陽菜はやりたいこと示してくれてるみたいだからいいけどね」

「ふぇ？」

なんのことかときょとんとする陽菜に、アズサは自分の腰に回された腕を示した。

めちゃめちゃ抱き着いている。

「あ、わわ、こ、これは！」

「ま、あれよ。シナヒナ」

慌てて腕を外す陽菜に、アズサは続ける。

「せっかく何もかもがなくなったんだから、今を楽しめばいい」

少なくとも琴野アズサは、そうやって生きていたい。

「あたしはこの楽しい今を、ずっと続けていたい。そのためには、あんたが必要なのよ」

そう、陽菜に向けて微笑《ほほえ》んだ。

Aifuji Yu Presents
Illus. by
Ichikawa Haru

# 現代魔法をぶち壊《こわ》す、あたしだけの魔法《まほう》

―異世界帰りの勇者姫と神降ろしの白乙女―

# 14

## 採点は事件のあとに

それから数日が過ぎた。

恙《つつが》ない学園生活の中で、忘れてはいけない大きな問題が一つ残っていた。

そう、中間試験の結果である。

「……あたしは今日死ぬかもしれないわね」

「ば、バカなこと言わないでくださいまし！」

教室で頭を抱えるアズサと、がっくんがっくん彼女の両肩を揺らす陽菜《ひな》。

「あんなに、あんなにわたくしのために頑張ってくれたのに……アズサさんがこんなところで死ぬなんて、わたくしは！」

「いや、比喩《ひゆ》よ比喩、うぼぁー」

されるがままに揺らされるアズサの気力はゼロに近い。

全く、と一つ息を吐いた陽菜はアズサの顔をまじまじと見て思う。

自分を助けてくれたあの力強いアズサと、本当に同じ人間かと。

「自信を持ってくださいな。あれだけ頑張ったのですから」

「シナヒナは、あたしの高得点を願ってくれているのね……」

「いや……それは……どう、でしょうね……？」

半分忘れていたことではあるが、征人《まさと》との接触がどうこうという権利を賭《か》けて夕妃《ゆうひ》と戦っているのが今回のテストの趣旨《しゅし》である。

それを思い出して、若干《じゃっかん》口角をひくつかせる陽菜。

「そう……あたしはこのまま朽《く》ち果てるわ……」

「ああもう！　学校に残れるくらいに好成績を収めてほしいとは思ってますわ！」

そんなやり取りを繰り返していれば、すぐにテストが返ってくる。

結果が張り出されるようなことはなく、粛々《しゅくしゅく》と教師から配られるのみだ。

名前を呼ばれたアズサが、断頭台に向かうが如くとぼとぼと歩みを進めてみれば。

「……琴野《ことの》」

「はい、退学の覚悟はできています」

「……死にそうな顔をするな」

はあ、とモノクルを掛けた教師は首を振って、成績表を手渡した。

書かれていた数字は、赤が――ふたつ。

「あ……」

「補習は免れない。休みを返上して勉強するように」

「先生愛してます!!!!」

「私は別に愛していない」

面倒くさそうに距離を取る教師だった。

†

なんとか退学を凌《しの》ぎ切ったと思いきや、アズサの試練は始まったばかりだった。

「まさか……魔法どころか一般教科もダメダメなんて思わないじゃん」

腕を組み、見下すような瞳で夕妃は言った。

椅子《いす》の上に正座したアズサは、その前で大変小さくなっている。

「はい、ゴミとお呼びください……」

元々は、テストの点数で競うはずだったアズサと夕妃。

実技の件で夕妃の方から負けを認めたとはいえ、この結果は確かに夕妃にとっても受け入れがたいものだろう。

分かってはいるからこそ、アズサが小さくなっているのも致し方のないこと。

夕妃はアズサを睥睨《へいげい》したまま言う。

「ねえゴミ」

「はい！」

「……ふっ、ふふ。ほんとに返事すんなし。まあ、いいよ」

笑って言う夕妃に、アズサが恐る恐る顔を上げる。

「元々、弱いのが問題だったんだしね。ちぇ、最初から点数で勝負にすれば良かったかな」

夕妃は最後に軽くウィンクしてそう言った。

「ありがとう、夕妃ちゃん……」

「ま、とはいえちょっと成績酷《ひど》いのは見てらんないから、今度ちょっと教えたげるよ」

「えっ」

意外なところから救いの手。

「一応今、シナヒナに教えてもらってはいるんだけど」

「あはは、やだなー」

バカにしないで、とばかりに夕妃はひらひらと手を振る。

その意図がいまいちつかめずきょとんとするアズサに、夕妃は自分の成績表を見せて言った。

「わたしクラス一位だからね？」

「まぁじ？？？？？」

そりゃ勝てないはずだと思うと同時に、夕妃の意外な一面に目を見開くアズサだった。

†

扉を軽くノックすれば、いつも通りののんびりとした返事が返ってくる。

「失礼しまーす」

何度となく足を運んだ校長室。

足を踏み入れて顔を上げ、アズサはふと気が付いた。

「あら」

「来たか、アズサ」

「あんたも居たのね、吉祥院《きっしょういん》」

ちょうどアズサに背を向ける形で、校長室の主と向き合っていた征人が振り返る。

珍しい組み合わせに遭遇《そうぐう》したとアズサが目を丸くすると、部屋の主たる森本《もりもと》がそのぺちぺちした手でアズサを招いた。

「来たね、琴野くん」

「はい、お呼びだったので」

「うん、ふたりを呼んだんだ」

アズサが征人の隣に並ぶと、改めて森本は咳払《せきばら》いをひとつ。

「今回の一件、本当にお疲れ様。キミたちが無事でよかった」

森本の笑顔に対し、先に口を開いたのは征人の方だった。

「いえ、おかげさまで。迅速《じんそく》な判断とご対応、本当に感謝しています」

「生徒の頼みだからねぇ」

そう緩く微笑んでから、森本は少し考えて首を振った。

「いや……大人の責任だからかな」

申し訳なさそうに眉《まゆ》を下げ、森本は続ける。

「知らなかったで済まされることではない。三足烏《サンソクウ》の中に魔族が紛《まぎ》れ潜んでいた。そういうことが今後は無いよう、調べていくつもりだ。……手立ては考えてる最中だけどね」

そう言う森本は、どこか疲れて見えた。

一度、アズサと征人は静かに顔を見合わせて。征人が頷《うなず》くのと同時に、アズサは口を開く。

「できることがあれば、いつでも言ってください」

「琴野くん」

「俺も同意見です、森本先生。他人事《ひとごと》ではないですし、俺はそのために強くならなきゃいけないんです」

「……吉祥院くんまで。……そうか」

うん、うん、と森本はふたりの言葉を噛《か》み締めるようにして。感慨《かんがい》深そうに、呟《つぶや》く。

「吉祥院くんが強くなりたい理由は、己の研鑽《けんさん》だと思っていたけど」

そう言われて、アズサも思い出す。征人が強くなりたい理由。その大本についてはまだ聞いていなかった。

「もちろん、吉祥院の当主として強くならねばならないというのもその通りです。そして、俺の目的を果たすためにも。……ですが、それだけではなくなりました」

そっと胸に手を当てて語る征人に、良いこと言うなーとアズサは思っていたが。

アズサの方を一瞥《いちべつ》してから、彼はもう一度森本に向き直って告げる。

「放っておけない女がいるので」

「……ほう。ふたりはそういう関係に」

「はい」

「はいじゃねーわ」

途中まで良い感じだったのに、とアズサはずっこけた。

「ま、でも。あたしも、誰も怖がらずに済む、平和な世界にしたいですね。今度こそ」

「……そうか」

ん、と森本は顎《あご》を引いて。

「今回のことの改めての謝罪と状況報告……それがキミたちを呼び出した理由だ。だから、改めて言わせてほしい」

そうして、笑った。

「これからもどうか、宜《よろ》しく頼むよ」

†

終業の鐘が鳴る。

夏前の優しいそよ風に、夕焼けを映す木漏《こも》れ日《び》が揺れた。

ローファーで踏みだすアスファルトは、一歩一歩を進む感触を確かに伝えてくれる。

「また明日」

校門の仕切りを越えたところで、アズサは振り返ってそう告げた。

視線の先には、明日もまた訪れる訓練校の本校舎。

大きな事件も乗り越え、大きな試験も乗り越え。

どうにかまだまだこれからも、この楽しい学園生活を送ることができそうだ。

ほんのりと胸の内にそんな感傷が舞い降りて、アズサはひとり口元を緩めた。

「アズサさん、楽しそうですわね」

「あれ、そう見える？」

「はい」

後ろ手に組んだ指に通学鞄《かばん》をつっかけて、隣で微笑《ほほえ》む白い少女。

アズサはそんな隣の彼女にも笑いかける。

「ま、なんだかんだと全部どうにかなったから、かしらね」

「ああ、試験……」

「いやまあ試験もね！」

それに、とアズサは思う。

一番大事なのは、目の前の彼女がもう、神降ろしの白乙女《しろおとめ》などではないことで。

「分かっていますわ、アズサさん。その節は本当に助けられました」

「べつにシナヒナから感謝を引き出したいわけじゃなかったけども」

困ったように眉を下げながら、寮への道をふたり歩む。

少女――陽菜は、しばらく寮暮らしになった。

不死川《しなずがわ》邸ないしは不死川の家に沙汰《さた》があるまでの間、陽菜の身柄は学園が預かることになる。

この先のことについて、陽菜も不安がないではなかったが。それでもこうして笑って、ふたり帰路を歩める理由もまたあった。

「来週から体育祭の準備だそうですわ。わたくし、少し楽しみなんです」

「体育祭ィ～……？　それもやっぱり魔法ありなのよね」

「それはもちろん。騎馬戦では人を魔法でピンボールのようにしますし、棒倒しでは人をボウリングのように吹き飛ばしますわ！」

「聞くだにサボりたいわね」

「どうしてですの!?」

既に、陽菜の身体《からだ》に残されたカウントダウンなどは存在しない。

今はただ、やってくる次の季節に、なんの憂《うれ》いもなく期待している。

学校で行われる次の行事に素直に胸を躍らせる陽菜を見て、アズサは一度静かに目を閉じた。

「――ねえ、シナヒナ」

「はい？」

「あたしのこと、学校に呼んでくれてありがとね」

そう口にするアズサの表情を見上げて、陽菜の眦《まなじり》も静かに下がった。

穏やかで、ほっとして。まるで世界を救い遂げた英雄のするような、安らかな表情。

そのやり遂げた何かの元を辿《たど》れば、確かに〝そこ〟に行きつくのかもしれない。

最初の最初。訪れた狭いアパート。

「アズサさん」

「なに？」

だから陽菜はアズサの前に躍り出た。

思わず足を止める彼女に、陽菜は告げる。

この先の未来を共に歩む、アズサの欲した〝当たり前〟を添えるように。

「それは卒業の時にでも言ってくださいまし♪」

何者でもない無邪気な少女の笑顔が、アズサの目には眩《まぶ》しく映った。

# あとがき

いつもお世話になっている皆さま、今回も本当にありがとうございます。

ダッシュエックス文庫読者の皆さま、はじめまして。

作者の藍藤唯《あいふじゆう》です。

『現代魔法をぶち壊す、あたしだけの魔法』お楽しみいただけましたでしょうか。

もし楽しんでいただけましたなら、それ以上の幸いはありません。

今回はあとがきにそこそこ余裕があるとのことでして、つらつらと今作のお話をさせていただければと思います。

もちろん読み飛ばしていただくなり、ここで本を閉じてもらっても全然かまいません。

アズサの物語を楽しんでもらえた……俺にとっては、それだけでマジで十分です。

今回は、かなり好き勝手書かせていただきました。

俺がただ好きで面白い物語。

俺がただ好きで見たいキャラクター。

それを、思い切ってぶつけてみました。

だから、最初に決まったのは世界観でもストーリーラインでもなく、『琴野《ことの》アズサ』というキャラクターでした。

そもそもツーサイドアップって最高だよね！　とか、マジであっさい好きもあれば。

苦境に立たされて、それでも必死に頑張ってようやく人並みの幸せを手に入れて、小さな日々のひとつひとつを噛《か》み締めている少女の姿って、本当に眩《まぶ》しいなという……こうして一冊分の物語を割《さ》かないと味わえない好きもあります。

小説の良いところって、ある種そういう、ひとつの好きをなんとか描き切れるボリューム感みたいなところにあるなあと、最近思いますね。

楽しかったなー……。

原稿を書き終えた時の清々しさもよく覚えていますし、担当編集となったK原さんも、この作品をとても楽しんでくれていました。

なので俺自身、今回の物語は本当にただ好きを詰め込んだお話です。

色々と悔《く》いのない創作活動をさせていただきました。

……いやまあ悔いというか、まだまだ書き足《た》りない部分はありますけどね！

そもそもこっちの世界と向こうの世界の関係ってどうなってんの？　とかは、現代に帰ってきたばかりの琴野アズサの物語を中心に据えた時に、どうしても邪魔になっていったん横においていたりしますし。

夕妃《ゆうひ》なんかは俺がだいぶ好きなキャラなんですが、その魅力は描き切れている気がしません。

これもまた、今回のアズサの話にフォーカスした結果ではありますが。

うーん、だからやっぱり一冊の本として悔いはない。でも省《はぶ》いたものにも心残りが。

こういうの、なんて言えばいいんでしょうねえ……難しい。

ともあれ、です。

そこも含め、色んな意味で「好きに書いていいよ」というゴーサインに本当に恵まれた一冊になった気がします。

アズサもいったんの山場を越えて、遅れている勉強に精を出して、目先のことにお金を無駄遣いして、平和で貴重な時間を一日一日大切に生きていくことでしょう。

現代世界にも脅威《きょうい》は多いですが……今度は強制でなく、小さな幸せを守るために自分から戦うことを選べると思います。

俺からもアズサの未来を想って一言。

貯金することを覚えろよ、アズサ。


さて、そろそろ謝辞《しゃじ》を。

今回担当してくださったK原さま。

ほとんどノリで決まったような企画でしたが、ここまで形にしてくださって本当にありがとうございました。おかげさまで、久々にライトノベルを書きたいと強く想うことができました。

色んな仕事の合間を縫《ぬ》って、無理をしてでもやろうと思えたのはK原さまのご尽力あってのことです。楽しかったです!!!


そして担当イラストレーターのいちかわはるさん。

作品をとても気に入っていただけて、アズサを可愛《かわい》く書くと強く仰《おつしや》ってくれて、出てきた彼女のキャラデザを見た時は、本当に嬉しかったですね。

期待以上の抜群《ばつぐん》のビジュアルで、これが一冊の本になることが本当に楽しみになりました。恵まれております。本当に。


担当編集のK原さん、イラストレーターのいちかわはるさん。この作品に関わってくれた方々に、格別の感謝を。

そして何より、この作品を手に取ってくれたあなたに。

好きを詰め込んだだけあって、俺は今回商業的にどうかということは一旦度外視《どがいし》して執筆いたしました。

だからこそ、あなたの手元に届いたことが、本当に嬉しいです。

あとがきをここまでお読みいただけたことにも、重ねて感謝を。

どうか今後のあなたの読書人生に、より多くの幸《さち》があらんことを願っております。

それでは、今回はこれにて。

アズサの物語をお楽しみいただき、本当にありがとうございました！

2024年6月吉日　最近馴染《なじ》みとなったお店で、友人の到着を待ちながら。

藍藤唯　拜

ダッシュエックス文庫

# 現代魔法をぶち壊す、あたしだけの魔法
## ―異世界帰りの勇者姫と神降ろしの白乙女―

藍藤　唯

2025年1月29日　第1刷発行

★定価はカバーに表示してあります

発行者　瓶子吉久
発行所　株式会社　集英社
〒101−8050　東京都千代田区一ツ橋2−5−10
03(3230)6229(編集)
03(3230)6393(販売／書店専用)　03(3230)6080(読者係)
印刷所　TOPPAN株式会社
編集協力　梶原 亨



ISBN978-4-08-631560-9 C0193